津島佑子の世界

津島佑子の世界

井上隆史 編

水声社

まえがき

津島佑子さんは白百合学園中学校、高等学校に学んだのち、白百合女子大学英文学科の四年制の一回生として卒業されました。大学祭の懸賞論文で入賞するなど学生時代から卓越した文学的才能を発揮した津島さんは、卒業後、苦渋と悲しみに満ちた生の体験を、明るくみずみずしい感受性で鮮やかに昇華し、思想性・実験性に富む数多くの作品を世に送り出します。それらはいくつもの外国語に翻訳され、高い国際的評価を得て、今後の展開がますます期待されていました。

ところが、二〇一六年二月十八日、津島さんはあまりにも早くこの世を去ります。現代文学のもっとも可能性に満ちた場の中心にポッカリと大きな穴が空いてしまった。享年六十八歳。あまりにも早い悲報に接し、私たちは言葉を失い、今なお信じられぬ思いです。

十二月十一日、私たちは津島さんを同窓に持つ者として津島さんを追悼し、その文学を広く顕揚するために、「津島佑子の世界」と題して国際的なシンポジウムを企画いたしました。国内外から集まった津島さんと関わりの深い方々がお人柄を偲び、津島文学の魅力と、それが私たちに投げかける課題について、語り合いました。本書はその内容をまとめたもので、書籍化に際して新たに加えたところもあります。

本書の構成について簡単に紹介いたします。

巻頭には、津島さん同様、白百合女子大学在学中から創作活動を行い、芥川賞作家として活躍する鹿島田真希さんの「強く美しい「夢」に生きた小説家」を収めました。これはシンポジウム当日に、基調講演としてお話しいただいたものです。

続けて収録した、呉佩珍さん（Wu Peichen・台湾国立政治大学）、木村朗子さん（津田塾大学）、与那覇恵子さん（東洋英和女学院大学）による各論（「津島文学の多層性」）と、川村湊さん（文芸評論家）、中上紀さん（作家）、ジャック・レヴィさん（Jacques Lévy・明治学院大学）、マイケル・ボーダッシュさん（Michael Bourdaghs・シカゴ大学）によるラウンドテーブル「津島佑子と二十一世紀の世界文学」は、国内外を問わず、また文壇においてもアカデミズムの領域においても広く関心を集める津島文学の多様な魅力に迫るものです。

さらに、白百合女子大学で長く教鞭をとられた菅野昭正さん（文芸評論家、東京大学名誉教授）、津島さんと親交の深かった作家の中沢けいさんに、津島文学の全体像、およびその文学的可能性の向かうところについて、ご考察いただきました（「津島文学の投げかけるもの」）。

以上はすべてシンポジウムのプログラムに沿ったものですが、全体を通して浮かび上がってきたのは、多様性に向かって開かれた津島文学の魅力と、明るいエネルギーに満ちた津島さんのお人柄です。

しかし、ただちに言い添えねばならないのですが、実際には津島さんの生涯は苦渋と悲しみに満ちていました。今回、与那覇恵子さんに新たに年譜を作成していただき、巻末に収めましたが、これを拝見しても、その生涯は度重なる不運に見舞われていたという思いを禁じえません。第一に、津島さん誕生の翌年、父・太宰治が家族を残して入水してしまった。その後も兄の死、長男の死など痛ましい出来事が続きます。

特に太宰の死は、津島さんを考える上で避けて通れません。津島さんは、ある時期まで自分が太宰治の子どもであることを秘していたといいます。自分が太宰の娘として紹介、理解されることを嫌っていた。しかし、それは逆に、彼女が亡くなった父親にどれほど強く呪縛されていたかということを物語るようです。津島さんを襲う不幸の連鎖の引き金を最初に引いたのは、ほかならぬ父・太宰治だったのではないか、とさえ思われるのです。

しかし、その上でなお、津島さんはその太宰と同じ仕事を生涯の職業として選んだのでした。そして不幸の連鎖に挑み、闇を輝きに転じようとした。太宰がやり残した文業を引き継ぎ、太宰にはできない形で発展させた部分もあると思います。

どうして、そんなことが可能だったのでしょうか。そこには様々な要因がありますが、津島さんが中学から大学までの時間を過ごした白百合学園の環境、学風、人間関係も、その一因として関わっていたように思います。

このことを改めて考えてみたいという思いもあって、本書第二部には「津島佑子と白百合学園」として、以下の六文献も収録しました。

① 中学以来の同窓生である、切田節子さん、稲井承子さんとの座談（二〇一六年十二月七日収録）

② 大学祭の懸賞論文での当選作「現代と夢」（「白百合女子大学新聞」一九六六年十月二十九日掲載）

③ 「白百合同窓会報」（一九八〇年九月三十日）への寄稿「白百合女子大学の頃」

④ 「SHIRAYURI ALUMNAE BULLETIN」（一九八八年九月）への寄稿「マ・メールの思い出」

⑤　「十五歳のクリスマス・イブ」（「日本経済新聞」二〇一五年十二月六日）
⑥　原川恭一「旅立ちの春」（「交通新聞」二〇一六年六月三日）

①はシンポジウムの直前に、同窓のお二人に特別に頼んでお出ましいただいたもので、関連する写真資料も併載しました。お二人が伝える津島さんは明るい機知に富み、津島文学の生命力の源泉はここにあったのだ、という思いを新たにしました。

②〜⑤は津島さんの文章（ただし②は本名の「津島里子」名義）、⑥は津島さん在学中に非常勤講師として白百合で教鞭をとられた原川恭一さんによる、津島さんの追悼文です。実を言うと、原川さんにはシンポジウムでのご登壇をお願いしたのでしたが、ご体調の関係で叶いませんでした。しかし、原川さんは当日会場までお運びくださり、この文章を託されたのです。原川さんはフォークナー研究で知られ、津島さんがもっとも親炙した教員の一人です。津島さんの友人でありライバルでもあった中上健次とフォークナーの関係がしばしば話題になりますが、フォークナーと真剣に格闘したのは、むしろ津島さんの方が先だったのではないか。そしてその格闘は、形を変えて津島さん最後の作品まで続いていたのではないか。そのように思われます。

津島さんは、あまりに早く旅立たれてしまいました。しかしその作品は、今も私たちの手元にあります。津島さんが訴えたことを受け止め、今を生き、これから生まれて来る人たちへと手渡してゆくこと。

私たちには、そのような場のために力を尽くす責任があります。

本書がこうした場の一つとなることを願ってやみません。

なお、シンポジウムの企画段階から本書の刊行に至るまで、津島さんのお嬢さまでいらっしゃる香以さまにたいへんお世話になりました。深く御礼申しあげます。

編者　井上隆史

目次

II　津島佑子と白百合学園

第二章

回想の白百合学園

I

津島佑子の世界

第一章

津島文学の原点

強く美しい「夢」に生きた小説家

鹿島田真希

白百合女子大学のキャンパスは緑が多く、私が学生だった頃には、特に女子修道院の近くで、ミミズやリスなどを見かけたものでした。やがて、津島佑子さんが大学の先輩だということを知り、津島さんも学生時代に、ここでミミズやリスを見たことがあるだろうか、などと考えたことがあります。

私が津島佑子さんの小説を通じて学んだこと、それは本というものが、人の心を明るくするために存在する、ということです。単純なことですが、このことは重要だと思います。私は若い頃、そのことをあまりはっきりとわかっていなかったように感じます。そして津島さんのように、それを作品を通じて表現するという作業は、誰もができることではないと思います。

子供の頃は、学校の先生をはじめ、沢山の大人から本を読むように勧められました。誰もがそういう体験をしていると思います。そして、その人たちがなぜ読書を勧めてくるのかというと、「賢くなるからだ」というようなことをいいます。

大人にそういわれて本を読み始めてみて、読書の面白さというものはわかりました。しかし、「本を読むと賢くなる」という言葉に対しては、私は半信半疑でした。むしろ、本を読んですっかりその本の世界に影響を受けてしまい、学校で失敗をした経験の方が多かったと思います。

私は小学生の頃、『アルプスの少女ハイジ』という小説を読んでたいへん感動しました。ハイジにはクララという足の不自由な親友がいるのは有名な話です。ある時、私のクラスメイトが現実に足を骨折して、松葉杖をついて教室に現れました。そこで私は、「あ、クララと同じものを持ってる。かわいいなあ」といってしまい、担任の先生に怒られたことがあります。大人になってこの思い出を振り返ってみると、もう少し私がこの作品の熱心な読者で、クララも苦労していることが、その時理解できていたらよかったのかもしれませんが、とにかく本の世界に現実を侵食されてしまうと、損をするという思いがありました。他にも、花の蜜の味というものを本当に味わってみたくて、花を取って口にして、結局、虫を食べてしまうことになったり、海賊の真似のつもりで眼帯をして、親に取り上げられたこともあります。

大人に「賢くなる」と勧められて読書をしたものの、反対に「この馬鹿者」と怒られる体験の方が多くありました。そこで、本を読むと本当に賢くなれるのだろうか、と疑うようになり、本を読むとどのような得をするのか、どのようないいことがあるのだろうか、と真剣に考えたことがありました。

しかしながら津島さんは、ある雑誌のインタビューで、こんなことをいっています。

「小説は言ってみれば絵空事、現実を助けるわけではないという思いが強かったのです。でも、肉親を亡くした方の声を聞きたくて、宮沢賢治が妹さんを亡くしたときの詩を読んだりするうちに、絵空事だと一刀両断に切り捨てられるものでもなかったのかなと、だんだん文学の世界にも戻ってきた」（「婦人公論」一九九九年三月）

この言葉から、津島さんが、本を読むことによって元気になった、本は現実に生きる人間の人生を支えることができる、とお考えになっていることがわかります。そして私たちも津島さんの小説を読んで、気分が明るくなるという体験をしています。明るく生きるコツ、知恵のようなものが書かれていると感じる時があります。

既にご承知のこととは思いますが、人の心を明るくする本、というのは、必ずしもハッピーエンドで終わる物語のことではありません。題材や舞台、そのようなもので構築される作品世界が、読者にとって心地よいものであるとも限りません。

私たちは読書体験のだいぶ初期に「オオカミと少年」の寓話に出会います。最初は、少年がオオカミに食べられてしまったという結末だけが印象に残って、嫌な気分かもしれません。しかし日頃から嘘をついていると、素行が疑われる、という現実を子供は理解します。物語の少年は食べられてしまいますが、その読者である私たちは素行を疑われないように注意して生活するようになります。この作品に出会わなければ、自分が冤罪事件の容疑者になってしまった時に、世の中の仕組みが正体不明の幽霊のように感じられてしまい、実人生がホラーそのものになってしまいます。

ある作品に不遇な環境が描かれており、登場人物が苦労して生きていたとします。しかし、そこに人間や社会の問題点が明確に描かれていたら、読者の心は明るくなるでしょう。読者が実際に生きている世界で、ぼんやりと捉えていた違和感がはっきりするからです。問題が明確になった時、その問題は半分、解決しているようなものです。多くの人がそのことを経験して知っています。読者はその本を通じて賢くなり、自分の人生の問題を解決することができるようになります。その作品の登場人物は最後まで苦労し続けるかもしれませんが、読者は満足します。

津島さんがインタビューでおっしゃっている通り、小説に書いてあるのは、大抵、嘘の話、絵空事です。だけど私たちはその嘘の話を通じて、現実のことがわかることがあります。現実のことを教えてくれて、現実に生きる人間に影響を与えるほら話、それが小説です。今、私は「嘘」という言葉を使いましたが、「現実」という言葉の反意語としてよく使われる言葉、それが「夢」

という言葉です。

津島さんの作品には、夢が多く現れます。登場人物もよくまどろんで夢を見ますし、タイトルに夢という言葉が入っているものが沢山あります。津島さんは夢というものについて、独特の考え方を持っていたらしい、と作品を読んだ多くの人がいいます。白百合女子大学主催の懸賞論文で在学中の津島さんが入賞されていますが、そのタイトルもまた、「現代と夢」というものでした。

津島さんの夢についての考え方は独特でかつ複雑でもあるようなので、順を追って考えてみることにしましょう。私たちがぼんやりと考えている夢というものは、どういうものでしょうか。まず、眠っている間に見る非現実の出来事のことを夢といいます。また、個人の理想のことも夢と表現します。理想という言葉も現実という言葉の反意語として使われます。

理想というものを具体化すると、希望する職業に就きたい、ということですとか、心地よい環境に自身を置きたい、ということがほとんどです。職業や環境をいいものにしたいのは、満足な衣食住にありつきたいからです。つまり、大抵の人が考えている夢というものを具体化すると、満足な衣食住にありつく、ということになります。予備校のポスターに「志望校はゆずれない」という言葉を目にします。なぜ志望校はゆずれないのかというと、希望する進路に進めば、満足のいく衣食住にありつけるからです。「志望校はゆずれない」というのは、言い換えれば、着物とパンと家がゆずれないのです。

そのように具体化された己の夢を念頭に置いて、津島さんの懸賞論文を読み返してみると、驚きます。津島さんの当時の夢の定義はこのようなものです。

「夢」――色彩も美しく、現実の世界をフィクションの世界に導くもの。人の心を膨まし雲の如く蒼空に浮び上らせるもの。エロスに形を与えるもの。想像力、理想の双翼をもって自由に宇宙を飛びまわるもの――

これは私たちが夢と称して欲しがっている衣食住と随分、隔たりがあります。普通は心より腹を膨らますパンが欲しい。蒼空に浮かぶより、地震が起きても崩れない頑丈な家に住んで、地上に座っていたいと考えます。

津島さんが指摘されたような夢、一見、衣食住とは無縁の津島さんの夢が、生きていく上でどのように必要なのか、考えてみたいと思います。

ところで私は今、自分で「心のパンより腹のパン」といったばかりなのですが、自分たちの心と体が別々のものであると考えて生きているでしょうか。ほとんどの人が精神と肉体が連動していると考えているのではないでしょうか。

聖書を読んでいると、そのことを再確認することが多くあります。津島さんも聖書の読者でした。いいアイディアや、それを構築する言語そのものが人間の肉体になった、それがイエス・キリストであると聖書に書いてあります。それを信じるかどうかは人それぞれですが、しかし多くの人が、いい本との出会いが、人間との出会いのように、感動と興奮に等しいものであることを知っているのではないでしょうか。

津島さんの論文には、このような感動と興奮が忘れられつつあることを示している一節があります。次のようなものです。

> ポオの美しく妖しい世界も「現実」の香りがないために、極く少数の英文学研究者以外には、忘れ去られようとしているこの現代。
> ドヴィ《ママ》ッシイの微かな弦の音も自動車の排気音の中に吸いこまれていきそうな現代。

現代人が健全に生きていくためには、ポオやドビュッシーに出会った時の感動や興奮を記憶しておくことが大切であると考えさせられます。また、ここで私が申し上げた感動と興奮のことを津島さんは「忘我の恍惚状態」と表現しています。

そして津島さんの考える「忘我の恍惚状態」と現代人の関係は次のようなものです。

忘我の恍惚状態――これによってはじめてこの花の透明な美しい花弁に触れることが可能になる。人間の心が、鋭敏にあくまでも澄みとおる一瞬だ。人間には必らずこの一瞬が訪れるはずなのだが、ほとんどの現代人は前にも書いたように、知ってか知らずか、自分の義務に、時間に屈服し、みずからこの一瞬を捨て去って「夢」を閉め出そうとする。

しかし、この一瞬なるものは、捨てようとしても捨てきることは不可能なのだ。

私は、津島さんのこの言葉を見た時に、このようなことを考えました。つまり、人間は自分一人の体験から推測して、自分以外の人間全員について、また、世界全体について決めつけてしまう傾向があるということです。

夢も希望もない時代に生まれて、「夢も希望もない」と考えた一人の人間がいたとします。だけどその人はこういうかもしれません。世界が始まった時から終わりまで、いいニュースはひとつもない。人間は、最初の一人から、最後の一人まで、全員残らず絶望している。……けれども、冷静になると私たちは、一人の人間がそんなことを断言できるわけがない、と思い直すので、そう簡単にその一人の意見に賛成しません。

『風よ、空駆ける風よ』というタイトルの津島さんの作品があります。五人のクラスメイトの女子中学生時代から大人になるまでの物語です。そもそも舞台になっている学校が、千代田区にあるミッションスクールということで、白百合女子大学の付属の中学に似ています。舞台の学校はさておき、面白いのは登場人物です。

最初、主人公は父親がいないということで学校になじめないのではないか、と考えています。しかしいつの間にか友達ができてしまいます。やがてその五人の同級生同士が自分の家族構成とその遍歴を話し合う場面があります。すると、父親と母親がいて、最初の結婚の子供である、という環境の子供がそのグループに一人もいない、ということに気づきます。そのことで、五人全員が驚く場面があります。その時交わされた会話はこのようなものです。

――そうじゃなくて、つまり、この五人とも家がいわゆるふつうの家じゃないってこと。

史子が言った。

――ふつうの家じゃないって……、いやだ、わたしたちってそうだったの？

――そんなこと、考えたこともなかった。

――でも、そう言われれば、わたしのところは母は死んで継母が来て、このあいだ、弟が生まれたわけだし――。

――……うちの場合は、父の最初の結婚で生まれた兄がいて、兄の母親がしょっちゅう来ている……。

律子も頷きながら、言った。

――そして、わたしとフーちゃんのとこが母子家庭で、あなたのとこは……。

――うちは、わたし自身が父の二号さんの子ども。……ふうん、なかなかのものなのね、こうやって並べてみると。

――ままははに離婚に、二号さんに、再婚、異母兄弟……。

――すごい、なんでもそろってる。

律子が眼を見開いて叫ぶと、もう一度全員が笑いだしたが、すぐに真面目な顔に戻ってしまった。

このやりとりが面白いのは、私が先ほど作り上げた架空の人物、つまり「夢も希望もない」という人物がいないことです。この五人は、自分たちの家が、「いわゆるふつうの家」――この言葉は今、作品の中に出てきたものなのですが――そういうものでないことを自覚しているようです。

では、なぜこの五人は、自分たちが「いわゆるふつうの家」の子供ではないのに、不満を言わないのでしょうか。五人全員がそうだったので、不満をいいたいのに我慢しているのでしょうか。実際にそうなるとは限りません。五人の中で誰が一番「ふつうの家」から離れているかを巡って喧嘩になるかもしれません。継母の子供と二号さんの子供が、互いの不幸を比べて争いになるかもしれません。だけど、この作品の中ではそうはなりません。

この五人は大人になってから、さらに苦労して、それでも互いの苦労に思いを巡らせます。最終的にはこの「ふつうでない家」の根源ともいえる自分たちの母親の苦労まで想像するに至ります。未知の苦労、未知の体験の当事者にまでなってしまうのです。この五人のような性格の持ち主が小説家になったとしたら、凄い作品が書けるでしょう。なぜなら、体験したこともないことを、体験したかのように考えられるからです。

このように、自分の置かれた環境に文句をいわない。自分の体験だけで、他人の体験や人生観を軽率に断言しない。こういう生き方に美学がある人が、『火の山』の作者のようになるのです。そして『火の山』の登場人物のように、外国に暮らす子孫が、自分の一族の親族や先祖のことに興味を持つようになり、その人たちの生き方や、住んでいた国を想像して、自分の体験のように身近に感じて生きていく、というようになります。

私たちは多かれ少なかれ、読書をした経験を持っています。本には大抵、自分が知らなかったことが書いてあるので、自分一人の力でなにもかも知ることは不可能だ、ということを知ります。

また、世界には沢山、本があり、皆、違うことが書いてあります。ですから、人間の考え方はばらばらなのだ、とわかります。

ところで私たちは、読書というものをいつからしているのでしょう。とても若い時、子供の時です。では、その子供向けの昔話をどのぐらい若い頃から知っているのでしょうか。少なくとも、苦労というものに出会う前です。つまり、ほとんどの人が、夢も希望もない苦労に出会う前に、おとぎ話に出会ってしまうのです。苦労が現れた時には、人の頭の中はおとぎ話で満席なので、苦労に譲る座席がないのです。人がそう簡単に夢のない人の口車に乗らないのは、このような仕掛けがあるからです。人間の頭の中に一番乗りでやってきて、占領してしまうもの、それがおとぎ話が連れてくる夢や忘我の恍惚状態というものだと思います。

オッフェンバックのオペラに『ホフマン物語』という演目があります。脚本はバルビエ・カレが書いたもので、ホフマンという実際に存在する小説家の三つの短編を一つに編集したのが、このカレという脚本家です。

この演目の主人公はホフマンと名乗る詩人です。泥酔したホフマンが、過去の自分の三回の失恋を振り返る、というのがあらすじです。この三つの失恋話が、実在した小説家ホフマンの短編です。演目の原作者と主人公が同じホフマンという名前なのですが、別人とみなしても、ストーリーはわかります。物語の主人公は詩人のホフマンという別人で、失恋話はこの主人公が実際に体験した話であると思っても、十分理解できるストーリーになっています。

主人公ホフマンは恐怖すら覚えるような悲惨な失恋を三度も味わいます。すっかり意気消沈して泥酔しきってしまい、詩すら書けない、ほとんど再起不可能の状態です。しかしそこに美の女神が現れて、ホフマンを慰めます。つまりミューズが目の前に現れて、ホフマンは生きる希望を取り戻し、再び詩を書き始める、という物語です。

詩が大好きな人に、恋人はいらないのかというと、必ずしもそうとは限らない、と思います。私が興味深いと思ったのは、『ホフマン物語』では別の点です。言葉が与える力や感動が、人間の形になって表現されていることです。言葉が作るファンタジーに触れることは、人との出会いに似ていると思います。人間との対話や、恋愛、性行為。それらが与える、感動、興奮、エクスタシィに似ています。それが現実の人間、現実の人生を貫く瞬間があります。そのようにして、人間が気づかないうちに、ファンタジーは現実を侵食していくのです。

しかし、夢をよりどころに生きていますと、苦言を呈してくるお節介に出会います。この人たちはこんなことを言ってきます。「あなたは現実を見ていない。地に足がついていない。ロマンチストだ」と。確かに、現実には魔法使いは存在しません。瞬間移動できる絨毯もありません。ピアノ教室に通っている生徒全員がピアニストになれるわけでもありません。だから、この人の言っていることは、半分当たっています。では、具体的にロマンチストとはどのような人物のことをいうのでしょう。ロマンチストとして生きる、というのは愚かな生き方なのでしょうか。『小公女』という子供向けの小説があります。セーラという貴族の娘が女子寮に預けられ、最初はルームメイトと和気藹々と過ごしています。やがてセーラの父親が戦死したらしい、ということが囁かれて、セーラに対する待遇が変わってしまいます。しかしながら、セーラが高貴な精神の持ち主で、わずかな仲間の協力などを得ながら、逆境を克服するという物語です。多くの『小公女』の読者はほとんどがセーラと全く異なる境遇で生きています。『小公女』の読者は庶民です。貴族の娘とは限りません。それでもこの作品に感動したり、共感したり、真似して生きようとする読者と、自分とは無関係の物語である、と認識する読者に分かれます。どちらが現実的に生きることができるのでしょうか。

その手がかりになることが、津島さんの在学中のレポートの中にあります。それは、アメリカの作家セオドア・ドライサーの短編「亡き妻フィービ」という作品の評論です。津島さんにとってこの作品はどうやら、ドライサーの作品群の中では異色作であったようです。

ではまず、代表作の長編にどういうものがあるのか、ということですが、『アメリカの悲劇』という作品があります。ある青年が金持ちとの縁談がまとまりそうになるのですが、恋人がすでに妊娠していることがわかります。結婚の邪魔になるので、殺害を企て、死刑に処せられる、という貧しい青年の話です。その中でアメリカの悲惨な環境が描写されています。そこで青年は殺人を余儀なくされてしまった。この青年は人を殺してしまったけれど、アメリカという国の悪い環境の犠牲者でもある、という論旨のようです。とにかく、悲惨な状態を自然主義的な描写で正確に綴る。これがドライサーの代表作の特徴であるようです。

それを念頭に置いて「亡き妻フィービ」という作品を読んでみると、確かに雰囲気が違います。妻を失ったヘンリという老人が主人公です。妻を失ったという理由で悲しんではいますが、それはあくまで個人に向けられた不幸として描かれています。アメリカという国の公的な不幸を背負った人物として描かれているわけではありません。津島さんがこの作品を異色作と見なすのは納得がいきます。

ヘンリはフィービという妻を失ってしまうのですが、その事実を受け止めることができません。まだ自分は妻と生活しているかのように錯覚して、はっきりと妻が見えるようになってしまいます。一種の妄想や幻覚のようなものです。そしてその妻の幻を追いかけているうちに、ヘンリも死んでしまうというあらすじです。

ここで話がやや脱線するのですが、この妄想の中の妻はまったく美化されていません。妄想の中でも、生前と同じぐらいの能力で家事をこなす妻として現れます。津島さんの作品にも、母親が失った息子を夢の中に見る、というものがありますが、ここでも息子が美化されているわけではありません。母親を困らせるごく普通の息子として、夢の中に登場します。失った人物を美化することなく、それでも回想する人にとっては、そんなありのままの生前の人物を思い出すことが悦びであることがわかります。

では、ドライサーがこの短編を不本意だけど暇つぶしで書いたのかというと、そうではない、というのが津島さんの考えであったようです。「短篇は彼の場合あくまでも息抜きであったように思われる。息抜きをしている場合、人は無意識に己れの精神を表面に出してしまう」と津島さんは記しています。

しかしながら、社会のせいで人を殺してしまった主人公と、個人の感傷に耽《ふけ》っているうちに死んでしまった主人公というのは、随分、対照的です。凡庸な読者であったら、この全く正反対の主人公を一人の小説家が書いたのだろうか、と戸惑ってしまいます。津島さんはドライサーについて「現実を常に冷たく見つめ醜くどうしようもない面を数え上げながら一方、人間に対する愛、希望、理想への憧れを忘れていない」といっています。そしてドライサーの代表作とこの「亡き妻フィービ」という作品を比較してこういっています。「長篇においては彼はあくまでも決定論を前に押し出している。短篇では、裏の理想主義が何の束縛もなく現われている。我々はこの両方の要素を見なければならない」。

しかしよく考えてみると、社会のせいで悪いこともすれば、それに屈服することなく良いことができることもある、この二面性を持ち合わせているというのが人間を正確に描くということではないでしょうか。それが現実の人間、人間のあり方の現実、というものなのではないでしょうか。この片方しかいわないでいるとしたら、現実の人間より過小評価も過大評価もしてしまうことになってしまいます。

それを知るために、多くの人間のサンプルなど必要ないと思います。自分一人の人生を振り返ってみてもわかることです。ほとんどの人が良いことと、悪いこと、両方をして生きています。悪い環境という要因が加わってもこの事実に大きな変化はないように思います。悪い環境の人が常に悪さをし続けるのは、本当に自然なことでしょうか。また、常にそれを社会のせいにして言い訳をし続けることもまた、自然でしょうか。

確かに、悪いことをしても仕方がない、それを社会のせいにしても仕方がない、そのような劣悪な環境があることは誰もが知っていることです。しかし悪いことをすることも、言い訳をすることも、いつまでもそればかりやっていない。それもまた現実であると思います。なぜなら、悪さも、言い訳もいつまでも続けていられない、それすらも飽きてしまう怠け者、それが人間の正体であり、真実だと思うからです。

津島さんはこのレポートで、現実的な人間についてこのようにいっています。

ここでもう一度リアリストということについて考えてみる。リアリストは現実の幻滅からペシミスティックになり人生を虚しく意味のないものとする。ところがドライサーは人生をオプティミスティックに、ヒューマニスティックに見てとっている。これで彼は根本において伝統的リアリストではなかったということがわかる。

ここからも、人間を正確に描くというのは、人間をただ悪く書けばいい、というものでないことがわかります。

そしてこのレポートの締めくくりとして、ヒューマニスティックという言葉をロマンチシズムといい換え、ドライサーについてこういっています。

ドライサーはアメリカ文学史上、ナチュラリストの代表者とされているが、このようなロマンチシズムとリアリズムという二面性においてもアメリカのナチュラリストの典型的性格を有しているのだ。この二面性があればこそドライサーはアメリカ文学最大のナチュラリストなのである。

現実の人間はロマンチックなことを考えることもある。津島さんがドライサーについて評価した点はこの部分であるとわかります。

さらに私はこのレポートを読んで、このように考えます。現実の人間は現実に直面しても、夢を見ている時がある。現実を見ていない時がある。完全に地に足のついている人間など実際にはそんなに沢山はいない。そんな中、夢を見て生きる、というのは本当に愚かな生き方なのだろうか。夢を見て生きていると、本当に損をすることになるのだろうか。そもそもほとんどの人がそうして生きている。夢を見て生きる意思がなくても、自然に夢を見て生きてしまうのが人間である。反対に、夢を見るということの、自然現象、生理現象ともいえる行為を我慢し、抑圧して生きて、本当にいいことがあるのだろうか、それが、得になるのだろうか。

先ほど私は、『小公女』の話をしました。確かにほとんどの人が貴族の子供でもなければ、自分を窮地から救ってくれる仲間に出会えるとも限りません。しかし誰もが、ある日突然、理不尽にも劣悪な環境に放り出されてしまう可能性があることを知っています。多くの人が常に、突然、職を失う危険を持っていますし、家族を失うかもしれません。同僚やクラスメイトが突然、自分を仲間はずれにするかもしれません。

『小公女』の読者である私たちは、貴族の子供ではありませんが、この物語の主人公と同じぐらい苦労をする可能性がある。それははっきりしています。だとしたら、たとえ勘違いだとしても、自分を貴族の子供と見なして、おめでたく生きる。それが賢明な生き方であるかもしれません。

自分を貴族と見なして生きようと、英雄として生きようと、それはその人の自由です。ただ、他人に自分を貴族や英雄のように扱ってください、と要求できないのが社会のルールです。

自分を英雄と見なして生きた歴史上の人物に、ジャンヌ・ダルクがいます。この人は白百合女子大学の校歌にも登場します。史実によれば戦争を勝利へと導いたようなので、英雄と見なされていただけではなく、英雄そのものであったかもしれません。

ジャンヌ・ダルクは「神様からお告げがあった」ということで、兵隊の仲間に入れてもらいます。普通だったら、神様の言う通りにして戦争に勝てるのだろうか、と疑います。たとえ兵隊が彼女と同じ神様を信じていたとしても、普通は彼女の話は信じません。自分たちが信じている神様から本当に、その女性にお告げがあったのか、確かめることができないからです。それを知っているのは、ジャンヌ・ダルク本人だけだからです。もしかすると彼女が思い込みの激しい性格であるかもしれませんし、嘘つきなのかもしれません。

しかし実際にフランスは戦争に勝利してしまいます。その瞬間に、神様が本当にいるのだろうか、とか、ジャンヌ・ダルクの話は本当だろうか、と考えた人はいるでしょうか。実際に戦争に勝ってしまったら、そんなことを考える人はいないでしょう。「勝てば官軍」という日本のことわざにある通りです。

では反対に、神様は実在している、そして、ジャンヌ・ダルクは本当のことをいっている、戦争の勝利がその証拠である、と考えた人はいるでしょうか。そんなに沢山はいないと思います。そもそも最初からそのことに興味を持っている人はいなかったように思います。多くの人の興味の対象は、戦争に勝てるかどうかであり、神様がいるかどうか、ジャンヌ・ダルクの話が真実かどうかには興味がないのです。

つまり、たとえある人物が単なる英雄気取りであり、尊敬に値しない人物だとしても、結果を出したので、皆がついていったのです。会社でも似たような現象は起こることがあります。正当な賃金を払ってくれる自分の会社の社長が、ビジネス本を出した。成功する方法が書いてあるというので、その本を社員が読んでみた。社長は幼年時代に『海底二万マイル』を読んで感動して、ネモ船長になったつもりで生きている、とその本に記してある。だけど社員はネモ船長を尊敬していない。自分をネモ船長だと見なすこと自体が、おかしいとも思う。そう考える社員がいたとして、その社員はその会社を辞めるでしょうか。私だったら辞めません。賃金さえ払ってくれるのなら、その人に英雄気取りや、勘違いを辞めてくれ、という理由がありません。

先ほど私は、「勝てば官軍」という言葉を使いました。勝つために手段を選んでいられない時に、このことわざを連想する人はたくさんいます。そして、手段を選ばない、というのはどういうことかと考えて、漠然と、ずるいことをするということだろうか、と思いつきます。そして、そのずるいことというのは具体的にどういうことか、と想像してみると、たとえば仲間を裏切るとか、また、反対に非合法なことをしている人を仲間にするとか、そういうことだろうか、と思ってみたりします。

それをストーリーにするなら、こんな感じでしょうか。学校で意地悪をしている生徒がいる。隣の学校に不良がいたので、自分の学校の生徒のことをその不良に言いつける。自分の学校の生徒と、隣の学校の不良が喧嘩をして、不良が勝つ。それを「勝てば官軍」というのでしょうか。

その人にとって「勝つ」ということが、喧嘩に勝つということであるなら、そういえるかもしれません。しかし「勝つ」というのはどのようなことなのでしょうか。どのような状態の時、人間は勝利したといえるのでしょうか。

津島さんが愛読なさっていたフォークナーは勝利するということについて、独特の考え方を持っていた人でした。フォークナーは勝つために神を信じた人でした。勝つために不良を仲間にする人もいれば、神様と仲間になる人もいるというわけです。

フォークナーの勝利に対する考え方が特別であったように、神の考える勝利もまた、普通の人間の考え方とは違っているように思います。普通の人にとって、それは本当に勝利したといえるのか、ということが、フォークナーや神にとっての勝利である可能性があります。

とにかく自分が考えているいいものと、自分より賢い存在がいいと思っているものは違うのです。ですから自分より賢い存在に、「問題を解決してください」とお願いする時には、自分が望んだ方法で解決してくれるとは限りません。不本意かもしれませんが、結果的に解決してくれるのならば、それでいい、と覚悟を決めるしかありません。

子供はよく大人に、一緒に遊んで欲しいとせがみます。その子供はもしかすると大人と一緒に隠れんぼがしたいかもしれません。だけど大人は経験で、いつも遊び相手がいるとは限らない、ということをそもそも知っています。そこで大人は、その子供が一人で遊べるように教育しなければならないと考えます。そして本やパズルをプレゼントします。だけど子供にはそれが不満です。本やパズルの面白さ、一人で遊ぶことの面白さを知らないからです。まさに、親の心子知らずという状態になります。

若さや愚かさで、そもそも本当にいいものや、勝利するということがなんなのかわからない。せっかくそれがわかりかけても、環境や悪条件のせいで歪められてしまう。そういう人がほとんどだと思います。

イエス・キリストが現れた時、人間は、自分たちの国のリーダーになってくれるだろう、と期待したり、自分たちの国を戦争に勝たせてくれるだろう、と期待したりしました。しかしイエス・キリストがしたことは、人間が期待したこととは違うことだったので、みんなはがっかりしました。要するに人間は、結果が出せていないじゃないか、と怒ったのです。

しかしイエス・キリストが最も人間をがっかりさせた事件、それはイエス・キリストが死んでしまったということです。どんなに立派なことをいう人でも、その人が屍《しかばね》になってしまったのを見ると、人間は徹底的に幻滅してしまいます。怖いからです。死体を見ると私たちは、苦しそうだな、とか、痛そうだな、と考えます。そして、そんな酷い目に遭うことになる前に、この人の真似をして生きるのはやめよう、と思いつきます。この人と同じ理想を持って、同じ生き方をしたら、ろくな死に方はできない、と考えます。

津島さんの作品に「手の死」という作品があります。大学在学中の同級生と刊行した同人誌の中にある作品です。やがて『最後の狩猟』という短編集に収録されます。

この作品では、幼い少女が、死とはどういうものなのか、と興味を抱きながら、母親の手を観察します。まるで生物の学者になったかのように、母親の手を顕微鏡で眺めるように、細かく研究して、この手の皮膚が破裂したり、血管から血液が吹き出たりすることが、死ぬということなのだろうか、と考えます。

少女はやがて本当に母親の遺体を目にすることになります。するとその遺体に羽虫が飛んでいたりして、少女は怖くなってしまいます。そして愛情と尊敬の対象であった母親ですらも、単なる気味の悪い屍としか思えなくなってしまうのだ、という事実にショックを受けます。そのショックについて、このように書かれています。

死とはどういうものかが、いや、どういうものが死というものかが、はじめてその時、おぼろげにわかりはじめた。自分の「血の海」を背中にのせてさっさと行ってしまった「死」。自分がこんなに待ちわびていたのに——。自分自身の想像に裏切られた寂しさ。くやしさ。悲しさ。これらすべてはただ「死」だけによるのだ。この「死」さえなければ……。心の底から激しく「死」を呪った。

子供の観念の中で人間の死が美化されていたにもかかわらず、それが単なる生物の終わりに過ぎなかった、他の生き物の死に方と同じだった、ということがわかってショックだったのです。人間の死が、他の生物と同じ死に方をした時に、人は「犬死にする」という言葉を使います。「手の死」の主人公は、自分の母親が犬死にした、と感じて怖くなり、また、そのようにしか感じることができない自分にも驚いているように思います。

これはキリストの死に出会った人間のショックにとてもよく似ています。生前、自分は神だ、といった人が、いいことをいっていた、説得力のあることをいっていた。だけどその立派なことをいう先生が、犬死にしてしまったので、人間は怖くなって、興ざめしてしまったのです。

キリストより後の時代の人間も、キリストの屍の絵を見て、同じように怖がったり、興ざめしたりしました。ドストエフスキーもその一人です。ハンス・ホルバインの《キリストの死》という絵を見たドストエフスキーのことが、妻のアンナの日記に記されています。その絵がどのような絵であったか、日記にはこう書かれています。

私たちを中へ入れてくれた婦人は、ホルバイン（子）の絵を見せてくれた。そこには、博物館中でもたった二点のすばらしい絵があった。それはイエス・キリストの死で、驚くべき作品だったけど、私はただもうこわくてたまらなかった。〔……〕普通、イエス・キリストの死後を描いた絵は、その顔は苦悶にゆがんでいるけれど、身体は実際のようには、苦しめられ、さいなまれた跡はまったくない。ここに描かれているキリストの身体はやせさらばえ、四肢の骨やあばら骨は浮き出し、手足には突き刺された傷があり、すでに腐敗しはじめた死人のように、むくみ、いちじるしく青味をおびてきている。顔もまた恐ろしいばかりの苦しみをたたえ、目は半眼の状態だけれども、もはや何も見ていないし、表情もない。鼻、口、顎は青ずんでいる。あらゆる点で、本物の死人にものすごく似ており、実際、同じ部屋に一人でいる勇気は私〔アンナ〕にはないと思われるくらいだった。それは驚くほど正確だとしても、まったく美的ではなく、私はただ嫌悪と恐怖をおぼえるばかりだった。

（アンナ・ドストエーフスカヤ『ドストエーフスキイ夫人アンナの日記』河出書房新社）

これはアンナの日記ですので、アンナが絵を見た時の印象にすぎません。しかしながら、ドストエフスキーは『白痴』でこのホルバインの絵を登場させています。あの絵を見ているのが好きだ、といったロゴージンに対して、ムイシュキンは、人はあの絵のために信仰を失うかもしれない、といっています。このような場面があるので、ドストエフスキー自身も妻のアンナと同じように、ホルバインの絵を見て、嫌悪や恐怖を感じたのではないかと想像します。

どんなに立派な人間、あるいは神でも、死ぬ時は、他の動物の死体と同じなんだ、と思って、犬死にに立ち会った人間はがっかりして希望を失ってしまいます。そして、とり残された人間は、人間らしく生きること自体が、無駄であり、馬鹿馬鹿しい、と考えるようになります。それが、残された死に損ないの宿命です。

と、いいたいところですが、そもそも人間は、最初から人間らしくなど生きていません。哺乳類のリーダーの自覚などあまり考えないで生きているのが現実です。他の生物と同じように、食べて、寝て、排泄する。それがうまくできるように、考える、頭を使う。このような意味で他の生物とライフスタイルはそもそも同じです。犬死にを見る前から、人間らしく生きたことなどない。そのことについて考えたこともないし、そういう生き方をしている自分に気づいたことも、自分自身を見つめたこともない、というのが事実です。人間らしい生き方などについて考えず、実践などしなくても、周りは自分を他の哺乳類より上等な、ホモ・サピエンスであると、認識してくれるだろうという甘えをもって生きています。

学生が勉強するのは、頭を使うことが人間らしく生きることだと考えているからです。人間が作った教科書を、頭を使って学習して、できれば将来それをいかせる職業に就きたいと考えます。ところが働き始めると、頭を使うどころではない、という境遇に追いやられてしまいます。すでに先輩や上司など、ブレインの機能を果たしている人がいて、自分はその人たちの手伝いに明け暮れて、手を動かすことになります。学生の頃には頭を使う練習しかしてこなかったので、大抵の人がうまく手を動かせていないと怒られます。その時、上手に叱ってくれる人などほとんどいません。人間の尊厳を傷つけるような嫌味をいわれることがほとんどです。ただうまく手を動かせていないだけのはずなのに、別のことにまでけちをつけられたりします。親の教育が悪いとか、容姿や身だしなみが汚いとか、そもそも性別として先天的に劣っている、とまでいわれます。そこまでいわなくてもいいのに、と思うようなことを、実際そこまでいわれてしまいます。

その時、ボスは自分を人間として扱ってくれない、プライドが傷ついたから、こんな仕事やめてやる、と思って転職しても、そこでも同じような目に遭うことがあります。それを繰り返して、何もかも失ってしまっては、人間の尊厳どころではありません。ですから大抵の人は、何もかも失う前に、自分のイメージしている人間の尊厳とやらを捨てて生きていくしかない、と決心します。すると、考えるために使うはずだった頭を、挨拶したり、謝ったり、下げるために使いはじめます。土下座さえすることもあります。二足歩行でものを考えるのがホモ・サピエンスであると学生の頃は考えていても、大人は違います。頭は考える道具ではなく、下げる道具であり、運が悪いと土下座という形で四足歩行も余儀なくされる。それが大人、社会人という生物です。

一人よがりの人間らしさやプライドから解放され、死に損ないとして生きてみると、世界が違って見えるようになります。案外、手を動かすことの面白さに気づくかもしれません。その時、やっと技術が向上して、成長します。

犬死にの現場を目撃して、希望を失ってしまう人とそうでない人がいます。それは、尊敬していた人が格好悪い死に方をしたということで、その人を尊敬することそのものをやめてしまうということを意味しています。それで落胆する人は、理想の人が最後まで理想通りに生きて、そして、死んでくれないと納得しないのです。つまり、その人が大事にしているのは、自分の心の中の理想の人物であり、本当のその人ではないのです。

人間が本当の意味で成長し、人間らしく生きるためには、幼稚な理想を捨てなければいけません。理想的に生きるためには、よりよい理想を探し続けることが大切だと思います。まだ自分が幼く、愚かであった時の理想を変化させ、理想そのものを成長させることが必要です。現実的に生きる、というのは、理想を持たずに生きることではなく、理想を変化させるということだと思います。

津島さんのフォークナーについてのエッセイを読んでみると、フォークナーの登場人物は、いかに人間を幻滅させる人でなしであるかがわかります。津島さんはエッセイで、フォークナーの作品の登場人物の一人を取り上げています。

「髪」という小説に一人の少女が登場しますが、最初、ある男性にとって、清純派かと思われたその少女が、成長して不良になり、売春のようなことをして、服装もイメージ・チェンジしている、そういう幻滅するような女性が登場します。なんだかんだと苦労して変わってしまった、ということなのかもしれませんが、とにかく、百年の恋も冷めるような女性が描かれています。しかしながら、「髪」という作品の中で、男性のその女性に対する恋は冷めません。

また、この幻滅ということでいえば、代表作の『響きと怒り』にもある女性が登場します。そこでこの女性は、白痴の兄と、神経質で頭もいいけど自殺してしまう兄の妹として登場します。どうやらこの女性は、人など愛せなくなってしまうぐらい苦労するらしいのですが、この二人の兄にたいする愛情を持ち続けて生きるというあらすじです。

つまり、実際だったら幻滅したり、されたりするのが当たり前の登場人物が、フォークナーの作品ではそうなっていない、ということに津島さんが注目していることがわかります。このフォークナーの作品に登場する、幻滅に値する人物について、津島さんはこういっています。

フォークナーは、私たちが生きているこの現実の世界で、その価値を認められ、報いられるような登場人物をほとんど扱っていません。現実に私の眼の前に現われてきたら、私もこわくなるか、気味が悪くなるかして、さっさと逃げだしたくなるに決まっているような登場人物ばかりです。けれども、このフォークナーという作家はかたくななまでに、〝時〟の流れに忠実に生きている〝現実的〟な人たちの盲目ぶりを強調し、そして彼らからのけ、も、の、にされている人たちに深い愛情を寄せています。『響きと怒り』は、対極的に、現実の荒廃と〝時〟を超越した愛、を説明して描きだすのではなくて、小説の肉体とも言うべき文章の力で、読者の体に訴えかけてくる作品なのです。力強く、そして透明な美しさを持った見事な作品です。

（津島佑子『私の時間』人文書院）

この津島さんの言葉を見て、私はこう考えました。人間は長い時間生きていると皆、苦労する。その苦労のせいで、生きることや、愛することを仕方がないけど、諦めながら、死に損ないとして生きていくしかない。そうやってほとんどの人が幻滅するような人間になっていく。他の人も似たり寄ったりの幻滅に値するような人間だ。その人がどうしてそうなってしまったのか、大体、想像もつく。きっと苦労のせいで、あの人は悪く変わってしまったのだ、それは仕方がない。自分も苦労で悪く変わってしまったので、それは理解できる。だけど自分たちは、その苦労人と仲間になり、共に生きていく気持ちにもなれない。なぜなら、自分もまた、とっくの昔に、人を愛するという行為を諦めて、ここしばらく生きてきているからだ。だけどフォークナーの小説の登場人物は、苦労のせいにして、生きること、愛することを諦めたりはしない。人間に幻滅しない、失望しない。

さらに津島さんは「あの夕日」を取り上げてこういっています。ここにナンシーという黒人の洗濯女が登場します。このナンシーがどういう女性かというと、「売春の常習犯でアル中の、刑務所では首吊り自殺をしそこない、亭主がいるのに売春の結果として孕《はら》んでしまった」という、やはり客観的には幻滅されるような経歴の持ち主であるようです。ところがこのナンシーは九歳の少年の叙述によって、美しい女性かのように描写されています。少年はナンシーの経歴を知らされていなくて、軽蔑も同情もしていません。ではこの少年になぜナンシーが美しく見えたかということについて、津島さんはこういっています。

子どもの眼によってナンシーのなかにある愛情の形が浮きだされているのです。それは、死と対極にある愛欲です。恋愛で言われるような愛情ではなく、本能的な生への執着に駆りたてられている愛欲なのです。

(同前)

この言葉を見て私は、このようなことだろうかと考えました。子供は余計なプライドを持っていない。本能の赴くままに、生きて、愛することをする。それが自然にできる。そういう子供が、経歴不詳の、謎の人物と出会うと、自然と愛着を持ってしまう。つまり、プライドがなく、やりたいように生きている人間は、つい人に愛情を持ってしまう。だから、プライドがない人は、誰にも幻滅しない。プライドから解放されている人間は、同時に、幻滅や、絶望からも解放されて生きている。これが、フォークナーにとって、勝利する、ということなのだ。

人間が生まれた時から知っている現実、それは自分が死ぬということです。そして人生で味わう苦労とは、死を連想させるものです。身近な人をうしなってショックを受ける。衣食住を奪われて、生存の危機にさらされる。侮辱されて人間の尊厳も奪われてしまう。身も心も死のイメージに浸食されてしまって、怯《おび》えて生きる。苦労とは、死というドラマの予告のようなものです。しかし、せっかく命を与えられたのに、その短い人生ですらも、死のイメージの奴隷として生きる。だとしたら、生まれてきたにもかかわらず、もう死んだように生きているようなものだと思います。

しかし私たち人間が知っているもう一つの現実。それは、人間がいつか死ぬとわかっていても、生きたい、愛したい、と思っている、ということです。それが人間の生理現象だということです。死のイメージから解放されるために、生きること、愛することのイメージを具体化させて、死のイメージと戦わせる。美しい夢を武器にして、死の恐怖に勝利する。人間が本を読むのは、美しい夢を見て、死に勝利するためです。

津島さんによる最後の作品のひとつである、『ジャッカ・ドフニ——海の記憶の物語』は、二人の殉教者の物語です。読者にとって、自分と時代も場所も異なるクリスチャンが殉教してしまうストーリーを身近に感じることは、一見難しいことです。私たち読者は、この物語に起こった出来事を、どうしたら切実に感じることができるでしょうか。どうしたらこの物語の当事者になることができるのでしょうか。

書物の英雄は、庶民の読者にとって本当に切実なのだろうか、という問題は、昔から考えられていました。四世紀のキリスト教思想家であるニッサの聖グレゴリウスは、『モーゼの生涯』という本でこんなことをいっています。

ファラオの法が新たに生まれてくる男子をすべて抹殺するよう命じたまさにそのとき、モーゼは生を享けた。そうした不思議な機縁をもった誕生を、われわれは自らの自由意志によって、いかにわれわれ自身の生に模倣し体現しうるであろうか。というのは、モーゼのような偉大な人の誕生を、とりも直さず自分の生まれとして何らか模倣することは、全くわれわれの力を超えているのではないかと考える人もいるであろうから。それは確かに見かけははなはだ困難と思えよう。しかしその実、モーゼの誕生をわれわれ自身の生において模倣してゆくことは、必ずしもむずかしくはないのである。

(谷隆一郎編訳『キリスト者の生のかたち』知泉書館、文章一部改変)

つまり、ニッサのグレゴリウスは、読者の目線でモーゼの生涯について考えてみた、ということです。そこで、どうせモーゼは物語のヒーローでしょう、そんな人の物語に共感できないし、興味も持てないだろう、と読者の気持ちをまず代弁しています。しかしこのようなモーゼの物語ですら、私たち庶民の読者にとって切実な物語である、といっています。

そして、このモーゼの物語は、私たち庶民にどう関係があるのか、ということについて、次のように説明しています。

これについては、むしろわれわれ自身の内的な闘いとして、同様の事態が見出されるであろう。なぜなら、人は自分の内的闘いの戦利品として、敵対するもの(古い自己)の変容したかたちを前にすることになるからである。つまり、人は自分が与《くみ》する者を、自分に敵対する者に対する勝利者とする。

(同前)

モーゼの物語、というのは、モーゼを中心としたヘブライ人が、居留地のエジプトから逃げて、さらに追ってくるそのエジプト人と戦って勝つ、という話です。ここでニッサのグレゴリウスは、例えば、エジプト人とヘブライ人の闘いというものを、古い自分とこうなりたい新しい自分との闘いに置き換えることができる、といっているのです。つまり、戦争というと話が大げさになってしまうけど、人間はなんらかの闘いをして生きている。どんな庶民でも心の葛藤ぐらいはあるだろう、といっているのです。そんな時、自分はモーゼのような一種の物語の主人公だ、と考えていたら、葛藤にも勝てるのではないか、という話をしています。

どんな人間でも、死への恐怖や悪条件と戦って生きている。そう考えると、夢と理想に生きて、最後まで闘い続けた『ジャッカ・ドフニ』の物語も、自分にとって切実であることがわかります。

二週間後には、クリスマスを迎えます。子供にプレゼントを配るサンタクロースの話は、ひとつの夢です。やがてサンタクロースが実在しないということを知ることになりますが、さらに読書体験を重ねることによって、サンタクロースにモデルが存在することを知ります。それが、四世紀に実在した聖ニコラウスです。聖ニコラウスが、貧しい家の窓に、金塊を投げ入れた。このエピソードが換骨奪胎されて、子供にプレゼントを配るサンタクロースの物語になった、ということを知ることになります。この伝説自体、実話であるかどうか確かめることが難しいのですが、とにかく、伝説に切実な情熱を向ける生き方と、そうでない生き方が存在し、人間は、この二つの生き方のどちらかを選ぶ意志が与えられている。このことは現実です。

クリスマスを待ちながら、津島佑子さんの作品に触れて、夢というものが、現実に生きる人間にどのような影響を与えるか、そして、その夢を作る本というものがどういうものであるのか、考えてみるのも、いい機会だと思っています。

津島佑子さんはお若い頃から、人が生きるためには、小説が与える夢が必要不可欠である、と考えて、一貫してそれを作品のなかで伝え続けました。そしてご本人もどんなことがあっても書き続けることで、態度でもそれを現わした小説家である、と感じています。

（拍手）

第二章

津島文学の多層性

帝国残影の三部作　『あまりに野蛮な』、『葦舟、飛んだ』、そして『ヤマネコ・ドーム』

呉佩珍

初期の津島佑子とその作品の特徴

一九六七年八月に「安芸柚子《あきゆうこ》」の筆名をもって「文芸首都」で発表した短編「ある誕生」は、津島佑子の文壇デビュー作である。「津島佑子」のペンネームが使われたのは一九六九年に発表された「レクエイム——犬と大人のために」からであり、以降、文壇の注目を集める作家となった。一九七五年の『葎《むぐら》の母』は、田村俊子賞を、そして一九七八年の『寵児』は、女流文学賞を受賞した。

この時期の特徴は、「非近代的」物語および「非母性」の生殖的な性の復権である。そのため、その作品世界において、男性は、女性にとって、生殖目的、あるいは性欲を満足させるだけの存在として描かれる。また、子供の父親は、ときには母親のパートナーでさえない。さらに、子供を産み、育てる女性は、慈母でもなければ、賢母でもなく、子供に嫌気がさして殺害する衝動に駆られてしまうことさえある。このような「原初」的な女性イメージには、「生殖の性」の言説がちりばめられている。たとえば、一九八〇年に出版された『山を走る女』には、このような「生殖の性」という原初的な意味合いが含まれているといえよう。与那覇恵子が指摘したように、その中で描かれているシングルマザーは、社会制度に束縛されない「子連れの山姥」のように、自由奔放で、精力的である。このような「生殖の性」言説は、全共闘とウーマンリブ運動の時期に青春期を過ごした世代ならではの特徴だと、長谷川啓は指摘している。この世代は、近代的な父権制度への疑問と超近代的志向を持っている世代でもある。戦後生まれで、全共闘、そしてウーマンリブ世代に属する津島佑子の初期作品の世界には、端的にこのような特徴が現れている。また、その作品の中では、ジェンダー・ロールによって規定されてきた近代家族、つまり、父親・母親・子供という三角形の構図は崩れていく。そのため津島は、その希薄化していく家族像だけでなく、これらの役割を担う人物への反抗も描いていく。長谷川啓が指摘しているように、これらの作品において男性の存在感はますます希薄になっていくが、これは男女関係への幻想をあきらめたためである。そしてこのような要素は、作家の生い立ちとも強く関係している。

父親の不在、そして知能障害を持つ兄との強い絆は、後に津島文学の重要なテーマとなっていく。例えば、デビュー作「ある誕生」は、自身が生まれた当時の状況を想像しながら描いたものである。そこに登場する父親は、赤ん坊が前の子供と同じように知能障害を持っているのでは、と心配していた。一緒に赤ん坊の誕生を待っている子は、父親の心配事を見抜いて、はさみを手にして、「もし、赤ん坊の命をたたなければならない場合には、私がやりましょう」と思っている。この作品は、父親によって見捨てられる自分、そして知能障害の兄と共に生きるという主題を内包し、津島文学の持つ、男性中心社会に対抗する原理と社会周縁への関心が基調となっている。この部分については、同時期の「文芸首都」の文学仲間である中上健次と、テーマ的に多くを共有していると言える。

また、母子家庭で育ち、成長後、結婚、離婚、そして単身で子育てを行い、その後に子供を失ってしまったという人生経験が、津島文学の大きな特徴を成している。それは、母系社会への憧憬であるとともに、父権社会に規定されてきた「性」、「妊娠」および「出産」という束縛からの解放でもある。

二〇〇四年に出版され、二〇〇五年に紫式部文学賞を受賞した『ナラ・レポート』において、主人公・森生少年の母親は、妻子持ちの男性との間に彼を生んでから、がんで亡くなった。少年は、鳩と化身した母親と霊媒をとおしてコミュニケーションを取り、母親の霊力を借りて、日本仏教の全盛期を象徴する奈良大仏を粉々にしていく。小説は粉々にされた大仏の破片によって構成され、物語も仏教が支配する以前の古代世界へとさかのぼる。部落民や原始母系社会への抑圧が、みな国家と宗教権力の結託によって生じたものであり、後の日本社会のすべてがこのときに形作られたのだとの暗示が、物語の進行につれて明らかになる。評論家の勝又浩はこの作品について、「中上健次を継承したと同時に超越した文業」である、と称賛を寄せている。

男性原理の帝国への挑戦――『あまりに野蛮な』

台湾出身の筆者が津島文学において最も印象的で圧倒されるのは、二〇〇六年九月から二〇〇八年五月まで「群像」で連載され、二〇〇八年に単行本として刊行された『あまりに野蛮な』である。

『あまりに野蛮な』は、かつて日本帝国の周縁であった、一九三〇年代の植民地・台湾を舞台にした作品である。執筆の前、作家は自ら台湾に赴き、その植物、昆虫、新旧地名と地理関係を詳細に調査、考証した。過去と現在、そして現実と夢の交錯という津島的な技法で、一九三〇年代の日本人がどのような意識で植民地に生きたかを描き、家庭や性と植民地支配が決して分割のできない、重層的に絡み合う複雑な構造を持つことを表わしている。「国家」という大文字の歴史からではなく、一女性の「ライフ・ヒストリー」という視点から、当時の植民地の状況により肉薄するのである。この点について、かつて作者自身もこう述べた。「もし、当時の植民地で彼らが支配者としてどのように生きてきたかを知らなかったら、その後のわたしたちも、それがどのような悲劇であったのか知ることはできないでしょう」（呉佩珍「原始母系社會的幻想：呉佩珍論津島佑子文學的原生宇宙」、「INK 印刻文學生活誌」二〇一一年二月）。

また、このような視点を備えた作品は、男性中心の「単一民族国家」の枠組みにゆさぶりを掛けるだけでなく、台湾植民地および先住民に働く男性原理の国家暴力が、実際に女性を抑圧する男性原理と同じような構造を持つという共犯関係を暴いたと言えよう。そのため、作品の中で、女主人公の美世の精神状態が崩壊しかけるたび、「霧社事件」という台湾先住民による蜂起事件のリーダー、モーナ・ルダーオの声と幻影が現れてくる。

津島がこの作品を創作したきっかけは、かつて日本人商社マンの奥方の集いで聴いた「妙なうわさ話」によるものである。

台北のどこかの高級マンション、居心地のいいたぶん天母《テンム》あたりだと思うんですけど、その一室で、日本人の商社マダムたちが三人、お茶の時間を楽しんでいた。優雅なアフタヌーンティですね。そこに突如、野蛮な刀を持った男たちが闖入してきて、そして一人がすぐに殺されて、一人はレイプされて、一人はたしか発狂したとか、そういう悲惨なことになった。けれど、その話を私にした人は、「いや、ほんとの話なんです。でもあんまり悲惨だから、会社で伏せられたんです」っていうように、まじめに言ってるんですね。「ちょっと待ってください、あなたは本当にそんな話を信じてるの」って思わず私は聞き返しました。あり得ないでしょうって。どこから、その男たちが湧いて出てくるの、そもそも、マンションの部屋には、鍵を閉めてなかったんですかって。どうして、今どきそんな刀を持ってなきゃいけないいんだってこともおかしいと思わなくちゃ、とも言いました。
(津島佑子「『あまりに野蛮な』について」、『台湾文化表象の現在《いま》』二〇一〇年十一月)

津島は、このような「うわさ話」の生成が、日本人の「霧社事件」への認識の変形によるものだと指摘する。そしてこの事件への関心を持つようになったきっかけとなり、『あまりに野蛮な』が誕生した経緯ともなる。

また、『あまりに野蛮な』を創作した際、イギリス人作家E・M・フォースターの一九二四年の作品『インドへの道』から多くの示唆をうけた、とかつて台湾での講演で言及した。つまり、「性」と「植民地」の両者が切り離すことのできない密接な関係を持っているというのだ。日本の台湾統治期において最も大きな先住民蜂起事件が「霧社事件」であり、戦後多くの日本の小説家が「政治的正しさ」、いわゆるPC(political correctness)を中心的主題として、この事件を描いてきた。それに対し、津島の『あまりに野蛮な』は、「霧社事件」と「植民者」美世の視点とを結び付け、様々な視点を並行させたり交錯させたりする描写法によって、それまでの「霧社事件」を語る言説とは全く異なる境地を切り拓いた。現代日本文学において、日本の台湾植民地をめぐる記憶を呼び起こす、新たな作品が本作によって生まれたともいえよう。作家自身も「霧社事件」を描く目的は、「事件をルポルタージュ的に描き、そして正確に還元する」ことではなく、このような悲劇が「男性原理」的な国家暴力によってもたらされたことを理解することにあるという。

津島文学におけるこの作品の象徴的な意味は、登場する男性人物のイメージに見られる変化からもうかがえる。ヒロインの莉々子が台湾で出会った客家系の楊さんは、妻を失った悲痛な過去を背負いながら、実子ではない、再婚相手の連れ子をわが子のようにかわいがっており、莉々子に自分の子供を喪失した苦痛を語り聞かせる。これは、いままで津島文学には現れたことがなかった父親像であると同時に、父親の亡霊につきまとわれていた津島自身の暗影が歳月と共に消え去っていく兆しともいえる。

二〇一〇年、講談社の創立百周年記念企画として執筆された『黄金の夢の歌』は、中央キルギスの英雄マナスをめぐる口承叙事詩への探求を背景にした小説だ。この作品の主題は、津島が長年、アイヌの英雄叙事詩「ユカラ」の保存と普及に力を注いできたことと関係している。津島はフランスに滞在していた間、日本文学専攻の大学院生と「ユカラ」を翻訳し、一九九五年九月にそのフランス語訳を出版している。「ユカラ」への愛着は、自分の中に半分流れている北方（津軽）の血への意識とつながるものとして捉えられてもいる。そのため、「ユカラ」を調査するうちに、シベリア、そして中央アジアへと辿り着き、「マナス」に出会った。また『黄金の夢の歌』は「父性」を探す旅ともいえる。作家自身がかつて述べていたように、一歳で父親を失ったため母子家庭で育ったという現実は、如実にその文学につながっている。「父親」についての記憶が欠如しているため、「父性」というものの意味も解らなかった、と津島は述べており、「父性」への理解も、「物心」がついてからの重要な課題となっていた。『黄金の夢の歌』の中で、主人公が旅の途中で出会った男性たちの「父親」としての側面を見つめ、観察していくという部分からは、父親の「描写はもはやタブーではなく」、「父性への描写が優しくなってきた」こともうかがえる。

「見えない存在」の人々への鎮魂曲《レクエイム》――『葦舟、飛んだ』と『ヤマネコ・ドーム』

『あまりに野蛮な』の後、二〇〇九年四月から二〇一〇年五月に「毎日新聞」に連載された『葦舟、飛んだ』は、日本が敗戦する直前、ソ連軍が満州国に侵攻した際、ソ連軍兵士たちの暴行によって多くの女性が妊娠してしまい、結果、人工中絶を強制させられたことを描く作品だ。この作品も、歴史の隙間に置き去りにされて生まれてこなかった命へのレクイエムともいえる。

物語は、小学校時代の同級生の葬式に参加するため、初老の男女が集まるところから始まる。亡くなったのは道子で、スズメバチに刺されたのが原因だった。その道子の同級生である雪彦、達夫、笑子が語り合ううちに、彼らの小学校時代、つまり戦後期の記憶がよみがえってくる。そして、それぞれの同級生と満州国との因縁、また歴史の流れの中で風化しつつあった秘密が露わになっていく。

道子のロシア系アメリカ人の友人であるサーシャの両親は、ロシア革命後、中国の東北に逃げて、満州国成立の後、日本の政府機関で働いていた。だがロシア軍が侵攻してきた時、日本のスパイと見なされ、両親は兄弟とも迫害を受け死んでしまい、サーシャだけがアメリカに亡命を果たした。

一方、笑子の母親、早苗（安華）は中国籍の孤児で、満州国の時期には、ロシア人と日本人の里親家庭を転々としていた。その後、日本人家庭の息子の子供を妊娠したが、息子は出征して戦死してしまった。ロシア軍が侵攻してきたとき、日本人と共に捕虜となったが、それは自分が中国人であることをうまく説明できなかったためである。収容所の中で高田青年と知り合い、結婚した。そして名前を「早苗」に改めた。この時、中国共産党の軍隊と国民党の軍隊は激戦中であり、二人は幾多の苦労の後、ようやく引揚船に乗り込んだ。博多港に着いた時、妊娠していた早苗は、逃げている途中に「不法妊娠」したと疑われて、人工中絶を強制されそうになった。だが夫が現れたため、おなかにいた笑子も生き残ることができた。

作品の結末では、雪彦の母親の叙述を通して、いままで暗闇に葬り去られていた日本の引揚史における集団虐殺の記録が暴き出されていく。六十年前のある深夜、新潟にある雪彦の母親の実家の扉を叩く人が現れる。開けてみたところ、なんとそれは女学校時代の同級生だった。彼女は卒業後に満州国へ渡ったが、日本の敗戦直前、逃亡中にソ連軍兵士にレイプされてしまった。その後も、生き延びるために体を売って糊口をしのいでいた。帰国する「引揚船」に乗ったとき、身の回りの女性の仲間は、ほとんどみな妊娠していたのだった。中絶するため、ネズミいらずを飲んで、それで命を落としてしまった人さえいた。こうした女性たちの多くは、日本に上陸すると隔離病院に入れられ、眠っている間に人工中絶を強制させられてしまった。こうした描写を通して、当時、独身の日本人女性が妊娠して上陸した際、強制的に人工中絶をさせられていた、という引揚史の暗黒面が明らかにされていく。作家自身、これは日本の「水際作戦」により、各港で中絶手術が実施され、その命をつぶされたという、実際に起きた出来事に基づく作品だと明言した。

書名の「葦舟」については、八世紀の『古事記』が最も早い記録といえる。「葦舟」は人類の最も古い船で、人間が時間の海を航行するイメージを象徴するものだ。日本敗戦後、ソ連軍が日本人女性のおなかに種をまき、孕《はら》まされた胎児が、「国策」の下に、ほとんど抹殺されてしまった。「引揚船」が日本本土の港に到着すると同時に、日本人女性を、そして「純血」を守るために、人工中絶が強制的に行われ、多くの胎児が闇から闇へ葬り去られた。この書名には、「引揚船」の代わりに、これらの胎児が、「葦舟」に乗って高い空へ飛びあがり、現在の時間を生きる私たちを見つめ続けていてほしいという作家のメッセージが内包されているように思われる。また、誰にも知られずに歴史の流れに消えてしまった孤独な魂が安らかに眠ってほしいという作者の祈願も含まれている。

続く二〇一三年に発表された『ヤマネコ・ドーム』は、日本近代国家神話、つまり日本近代国家が「純粋」な国籍と血統の上に構築されたという虚構神話を解体する小説ともいえよう。また、主題において、前作の『葦舟、飛んだ』と通底するものでもある。

『ヤマネコ・ドーム』は、戦後日本のアメリカ占領期に生まれた日米混血孤児をテーマにしている。小説の時空間は、日本戦後から3・11の東日本大地震と福島原発事故にまたがるものである。物語は、幼馴染の三人――ミッチ（道夫）、カズ（和夫）、ヨン子――を軸として進行していく。ミッチとカズは共に、米国の進駐軍人と日本人女性との間に生まれた混血児である。まだ赤ん坊だった二人は、捨てられて同じ日に発見され、朝美母さんが運営している日米混血児を収容する「施設」に入れられた。二人は三歳のとき、八重姉さんの養子になった。ヨン子の母親は八重姉さんとはいとこ同士で、それで三人は幼馴染の関係となった。ミッチは、日本人女性と白人との間の子で、カズは黒人の血統を引いている。

二人が七歳のとき、「施設」の日米混血孤児のミキちゃんが、二人の家の近くの池で「池の水面にうつ伏せで」「オレンジ色のスカートと長い髪の毛がふわふわひろがっていた」状態で死んでいるのが発見された。三人がこの事件の犯人の目撃者である可能性は高く、もしかするとミキちゃんを池に突き落とした当事者であった可能性もある。だが、ミキちゃんを殺害した犯人に関する伝聞は多く、原爆の被害者が、その恨みを日米の混血児・ミキちゃんに転嫁したのではないか、という憶測も飛び交う。最も殺人の被疑者の噂に苦しんでいたのはター坊（民也）である。なぜかと言えば、事件当時、小学生だったター坊は、池の付近にいたところを目撃されているからだ。中国人に見捨てられた「引揚者」ター坊と母親は、二人きりで支え合ってきたが、ター坊は五十一歳で「台東区の都立谷中霊園の敷地内にあるサクラの木で、首を吊って」自殺してしまう。本作では、「真犯人」は見つからないまま、この事件は日米混血児の日本に対する「共同記憶」として描かれている。

「施設」の日米混血児たち、とくに黒人米兵との間の混血児は、なかなか日本社会で自分の居場所が見つからなくて、その多くはアメリカに渡った。ミッチとカズも同じである。二人は世界各地を放浪し、安住できる場所を求めようとした。イギリスの寄宿学校、左翼運動のブームと挫折の中にあるパリ、太古のわらびが成長する南極の植物園、多くの漁師が葬られたブルターニュの浜辺など。また、アメリカで黒人民権運動が始まった時期、ミッチたちは、キング牧師とマルコムXの主張に励まされたが、日本の呪縛からは相変わらず逃れることはできなかった。そのカズも十年前、樹から落ちて重傷を負い、亡くなった。カズが死んでから、ミッチは「日本列島なんかこの世から消えてしまえ。日本は世界でいちばん、いやな国だ」と呪い続けてきた。3・11の東日本大震災と福島原発事故の後、日本に戻ったミッチは、もし、カズがもっと早く日本を離れていれば、こんなに早く亡くなることはなかっただろうと考えていた。またその日本嫌悪の発言も、実は日本に対して深い感情を持っていることを裏付けている。物語はふたたび、池で亡くなった混血児ミキちゃんの話に戻り、ター坊を亡くして後、一人ぽっちになっていた母親を、ミッチとヨン子が迎えるというところで締めくくられている。

『ヤマネコ・ドーム』という書名について、作者は小説の最後に竹峰誠一郎の報告を引用して、「ルニット島」に除染作業を行い、汚染物質を集めた「ルニット・ドーム」にちなんだことをほのめかした。「社会にとって不都合なもの、人々が直視したくないものにふたをして隠したのが「ルニット・ドーム」と言えるでしょう」(インタビュー「『ヤマネコ・ドーム』――隠された「戦後」をたどり直す」、「群像」二〇一三年七月)と作家自らが言うように、日本が隠してきた戦後と3・11以後の福島原発事故を巧みに結びつけて描いて見せた作品だといえるだろう。

『葦舟、飛んだ』と『ヤマネコ・ドーム』の二作とも、津島文学に一貫して流れる作風を継承しており、「時間」と「命」の存在の永久の価値が問われている。『あまりに野蛮な』、『葦舟、飛んだ』、『ヤマネコ・ドーム』はそれぞれ、国籍と血統の境界線上にいる者や帝国の周縁にいる者に対し、「国家」がいかなる迫害を行うかを赤裸々に描いていく。『あまりに野蛮な』は、「霧社事件」という台湾先住民蜂起事件を借りて、その背後に「男性原理」がいかに働くかを浮き彫りにし、『葦舟、飛んだ』は、敗戦直後の引揚において「非法妊娠」の名のもとに強制中絶が行われる、という集団虐殺の暗黒史を暴き出した。『ヤマネコ・ドーム』の中で最も皮肉なのは、「施設」の子供たちの戦争ごっこの描写である。子供たちは日本軍と米軍に分かれ、肌の黒い子供二人は黒人米兵に扮して、「ヘイ、ジャップ！　と叫び、チューイングガムをくちゃくちゃ下品に嚙む真似までして」、その後「施設」のママたちから、「無神経にもほどがある。それとも、あんたたちのおつむには大きな穴が空いてるの」と叱られる。この子供たちは、かつて互いに敵対していた自分らの親が殺し合っていたという歴史的事実をおそらく知らないまま、ただ戦争を模倣して繰り返す遊びをしていたにすぎない。

この「三部作」は、かつて日本帝国が拡張を続けていた時、その国策、あるいは紛争に巻き込まれて、日本という「国民国家」に置き去りにされた「異郷人」たちが、どのようにその歴史の狭間をもがいて生き、そして歴史の一角でひっそりと死んでいったかを見つめる津島文学の真髄とも言えよう。混血孤児を含めて、こうした子供たちに執着し続けてきた最大の理由を、作家はこう語っている。「それは、戦後の日本社会がもし、この子供たちをもっと寛大に受け入れていたら、ずいぶん多様で、開けた社会になっていたかもしれない、という思いで、少なくとも、今のような内向きの、異質な存在を排除したがる社会にはならずに済んだのではないか」（「私のヤマネコたち」、「本」二〇一三年六月号）。

社会の周縁者への関心、そしてその濃厚なヒューマニズムに裏打ちされた視点は、帝国の周縁へと注がれ、日本国内にとどまらず、かつて帝国の周縁者に追いやられた読者からも共感が得られる作品を創出した。その早すぎる死を、心から悼みたい。

ことばの揺りかごにゆられて　『ジャッカ・ドフニ——海の記憶の物語』を読む

木村朗子

はじめに

津島佑子の小説を千年後の未来へと送り出したいと思う。私たちが現在、千年前の『源氏物語』や『夜の寝覚』を読むように読んでみたいと思うのである。津島佑子の小説は、しばしば作家本人によく似た女性が登場することで、作家の実人生を読み込んで説明されがちである。すると、ありとあらゆる作品に、その作家らしき女性は登場するので、さまざまに異なるテーマを持った作品がすべて津島佑子という人に収斂してしまう憾《うら》みがある。後期作品群にいたって大きく物語世界を拡張していった大作にとって、作家の実人生を持ち込むことは、かえって読みの可能性を狭めてしまうのではないか。

『源氏物語』の作者は紫式部だと言われてはいるものの、その生没年も名もわかっていない。

『夜の寝覚』にいたっては作者が誰かすらも確定していない。それでも私たちはその物語を読むことができる。そんなふうに作者の存在をまったく知らない読者になりきって、作家の現実と作品世界とを切り離して読んでみたいと思う。

二つのジャッカ・ドフニ

津島佑子は「ジャッカ・ドフニ」と名づけた作品を二つ書いている。一九八八年刊行の『夢の記録』（文芸春秋）に収められた短編小説作品「ジャッカ・ドフニ——夏の家」と、「すばる」二〇一五年一月号〜八月号（四月号休載）に連載され、二〇一六年に刊行された長編小説『ジャッカ・ドフニ——海の記憶の物語』（集英社）である。ここでは便宜上、短編小説のほうを「夏の家」、長編小説のほうを『海の記憶の物語』と呼ぶことにする。

『海の記憶の物語』は、二〇一一年九月（東日本大震災の六カ月後）にアバシリを訪ねた語り手の物語にはじまり、一九八五年に息子とアバシリに行き、サハリン少数民族・ウィルタの民族博物館である「ジャッカ・ドフニ」を訪ねた夏の追想を描く章、さらに時を遡《さかのぼ》って一九六七年に大学生の語り手がはじめて北海道を訪れる最終章で構成される。これらの「語り手の物語」のあいだに、十七世紀のキリシタンの物語が語られている。キリシタンの物語では、一六二〇年ごろから一六七三年の弾圧のさなか、海を渡ってマカウ（マカオ）へ行き、さらにはマニラ、ゴア、インドネシアへと散っていったキリシタンたちについて語られている。

キリシタンの物語の主要な人物に、アイヌの母とシサム（日本人）とのあいだに生まれたチカップがいる。半分アイヌのチカップの存在が、十七世紀のキリシタンの物語と北海道を訪れる語り手の物語とを結ぶ鍵となるのである。アイヌ語で鳥を意味する「チカップ」という名を持つ女の子は「チカ」と呼ばれて、少年ジュリアンと旅をすることになる。ジュリアンは、将来、日本のパードレとなるためにマカウに送られることになったのである。

旅の途上、ジュリアンは、チカの両親の物語、それからチカがジュリアンとともにマカウ行きの船に乗ることになるまでのいきさつを物語る。ここでジュリアンが語った八歳になるまでのチカの物語は、史料や事実にもとづく歴史ではない。しかしチカはその半ば創作めいた物語によって「半分アイヌ」の子としてのアイデンティティを保ち続けることになる。のちにジュリアンと別れてバタビアに移り住んだチカップがジュリアンに送った一六四三年の手紙に次のようにある。

兄しゃまがかたってくれたんは、はんぶんいじょう、そのばでおもいついた、口から出まかせのはなしじゃったのかもしれんけど、チカップはそのはなしにすがって、いまにいたるまでいきつづけてきました。

ジュリアンの語る物語は、母親の唄ったわずかばかりのアイヌ語しか覚えていないチカップがアイヌであることを肯定し、支える縁《よすが》となった。

『海の記憶の物語』は、このような語りと物語の問題を主要なテーマとしているといってよい。キリシタンの物語を枠どる、アバシリを訪ねる語り手の物語においても、それは同様である。

たとえば冒頭に置かれた章「二〇一一年　オホーツク海」で、二〇一一年九月のアバシリへの旅を語る語り手の現在は、それから二年後に設定されている。「わたし」という一人称ではじまった語りは、「近づきたくなかった記憶の大波のなかにたたずむわたしは、なにを見届けたというのだろう。あなたは、いったい、なにを見たの？　二年後のわたしは、そう問いかけずにいられない」という一文を境に、「あなた」という二人称をとるようになる。「あなた」という二人称によって、物語の主人公に「あなた」と呼びかけるもう一人の「わたし」に、語り手が分裂する。話し手と聞き手とを予《あらかじ》め含みこむ二人称の語りによって、主人公と語り手との「あいだ」が生まれる。この両者の「あいだ」としての距離があることによって、この小説が語り手によって語られた「物語」だということが明示的になる。語り手が一見して作者に似ているように思えても、それらを混同してはならない。ここに語られている女性は、あくまで語り手によって語られた物語の主人公なのであって、それゆえにこのパートもまたアイヌでいうような叙事詩の「ユカラ」

あるいは散文物語である「ウエペケレ」に他ならないことを示しているのである。

十七世紀のキリシタンの物語が、のちに、チカップの子どもにくり返し語られる「ジュリアンしゃまのおはなし」という「物語」となるのと同様に、『海の記憶の物語』に語られるすべては、出来事の一回性を語るためにあるのではなくて、アイヌのユカラ、ウエペケレのように、代々伝えられる「物語」として提示されている。語り手のパートもそれと同様に読まれるつくりになっているのである。

では、十七世紀のキリシタンの物語が、アバシリを訪ねる語り手のパートと接続する必要があったのはなぜか。具体的には、短編「夏の家」で書かれた子どもとアバシリを訪ねたエピソードを再利用し、さらには「ジャッカ・ドフニ」というタイトルを再び採用したのはなぜかということを考えておきたい。

川村湊は「すばる」二〇一六年六月号の津島佑子追悼特集に寄せた「〝ジャッカ・ドフニ〟論——津島佑子の「大切」なもの」で、この二つの「ジャッカ・ドフニ」の存在について論じている。川村は、東日本大震災後に人々が思い至った「「本当に大切なもの」は何か」、あるいは家も町も一切合切を流し去ってしまった津波を前に「「大切なもの」をどこにしまっておけばいいのか」と問い、次のように述べている。

「二〇一一年　オホーツク海」の語り手が「3・11」の後に、〝ジャッカ・ドフニ〟に想いを馳せたのは、その、閉館となり、からっぽになった簡素な建物の中に、彼女にとっての「大切なもの」がしまわれていたからだ。それはもちろん、死んだ「ダア」と呼ばれる少年の魂であり、その息子とのかけがえのない思い出である。そしてその背後の風景には、何千、何万、何千万もの無数の死者たちの魂がある。

川村は、『海の記憶の物語』において、彼女にとって大切な息子の魂が、3・11での津波の死者の魂と響き合っているのだという。さらに川村は、十七世紀に海を渡ったキリシタンの物語がマカウまでの壮絶な海の旅を描きながらも、「そんな海をさんざんに経験したチカなのに、海は、喜びとしてチカの前にある」ことが表現されていることから、3・11の津波という「水の暴力」との和解をもたらす物語としている。

さんざんな苦痛を背負わせられ、さまざまな苦難、困難を味わわされた「海」であり、「水」であるのに、チカの心は、海を目の前にして躍っている。ここに人と海との和解があり、怨恨の寛解があることは、誰の目にも明らかだろう。海の記憶を、暗い、苦しい、恐いものとして恐怖し、恐懼《きょうく》するだけではなく、それを明るい、美しい、輝いたものとするために、チカの北溟から南溟までの海の旅があったともいえるのである。

ここに付け加えるならば、それが半分アイヌのチカップの経験として描かれていることが大きな意味を持つだろう。漁をして暮らしたアイヌにとって、海は恐ろしくも恵みの源であり、それは狩猟するアイヌが恵みの山の神として熊を崇拝するのにも似た自然との向き合い方として見出されているに違いないからである。津島佑子が、震災後すぐに「ヒグマの静かな海」という短編小説を発表し、北海道の熊に思いを寄せたことを思えば、自然を征服するのではなく、あるいは荒れ狂う自然を神の試練と考えるのでもない、アイヌの自然との付き合い方がチカップという人物に託されていると読むことができるのではないか。

短編小説「夏の家」は、息子を亡くした主人公が、新しく建て直す家の間取りについて家族皆で夢中になって語り合ったことを追想し、やがてその家が主人公の夢うつつにいくつも実現するといった筋だ。子どもたちと訪ねたアバシリのジャッカ・ドフニで、息子は「カウラ」(夏の家)をいたく気に入って記念写真を撮った。ジャッカ・ドフニの前に立つ「カウラ」で撮った息子の写真は遺骨の収められた納骨堂に置かれている。短編小説「夏の家」では、その写真は「博物館の人」が撮ったもので、語り手と娘と息子の二人の子どもたちが写っているものである。短編「夏の家」の時点では、ウィルタ語の「ジャッカ・ドフニ」は「大切なものをしまっておく場所」として紹介されているから、この時点で納骨堂は、「場所」にすぎない。長編『海の記憶の物語』で同じエピソードを語りなおしたときには、「ジャッカ・ドフニ」は「大切なものを収める家」とあらたに訳し直されており、ここではじめて納骨堂は息子（ダア）の魂の住まう「家」となったのである。『海の記憶の物語』で、語り手は次のようにいう。

「ジャッカ・ドフニ」は、トナカイ遊牧民ウィルタの言葉で、「大切なものを収める家」という意味になる。その前庭に建つカウラで撮られたあなたたちの写真がダアの遺骨を守りつづけてくれている、だから、東京湾が見える丘のうえにあるその納骨堂もまた、「ジャッカ・ドフニ」と呼べるんじゃないか、そう、あなたは考えたくなる。

短編「夏の家」で語られた息子の納骨堂は、長編『海の記憶の物語』にいたってようやく「家」としての安住の場を見出したのである。

もう一つ、重要な変奏は、長編『海の記憶の物語』では、納骨堂に飾られることになる写真を撮ったのが、「博物館の人」ではなく、ジャッカ・ドフニという博物館をつくったウィルタのゲンダーヌさんである点である。ゲンダーヌさんに写真を撮ってもらったのは一九八五年。二〇一一年九月に再訪したときから振り返って、二十六年前の夏であった。その七カ月後にマンションの九階のベランダから転落して「ダア」（息子）は亡くなった（一九八五年には日航機墜落事故のあったことが言及されて、墜ちることと死が結ばれて提示される）。しかし、二〇一一年九月にアバシリを訪ねた「あなた」の乗ったタクシーの運転手は、一九七八年にジャッカ・ドフニができて、それからたった六年でゲンダーヌさんが亡くなったと話す。

ジャッカ・ドフニが完成したのは一九七八年で、ゲンダーヌさんはその六年後に亡くなったと、運転手は言った。つまり、それは二十七年前のこと。あなたたちがジャッカ・ドフニを訪れたのは、二十六年前。そんなはずはない。あわてて計算し直す。結果は変わらない。それじゃ、あれはゲンダーヌさんの幽霊だったのか。あなたは思わず、呻き声を洩らした。幽霊だなんて、あり得ない。

すでに前年に亡くなっていたゲンダーヌさんは、その翌年の一九八五年の夏に姿を現した。このときのゲンダーヌさんの出現は、二〇一一年の九月の旅でエコツアーをガイドしてくれたアイヌの青年が語った「津波が来るからとにかく早く逃げなさい、という内容のカムイ・ユカラ」と呼応関係にある。老いた巫女が家の屋根に乗って、沖に流されていく。泣きながら遠い海上を漂流し続け、死にもしない。その老巫女の泣き声がうるさいので神々が相談し、老巫女をセミの身に変えてやり、夏になれば人間の村に暮らし、冬になると神々の村に神々と共に棲むようにしてやった。このカムイ・ユカラが語るように、ゲンダーヌさんは夏になって人間の村にやってきたのである。

とするならば、ここに回想される「ダア」との夏の思い出は、ゲンダーヌさんについて語るユカラでもあるということになる。すると「ダア」もまた夏のあいだ人間の村に帰ってくるということになるのではないか。というのも短編小説「夏の家」のラストは、ビニール袋いっぱいの糸ミミズがマンションの郵便受けに押し込まれていて、語り手がそれを亡くなった息子の回帰する予兆と考える場面となっているからである。

糸ミミズが来たとなれば、次には大量のイモリが来なければならない。それが当然の筋道というものなのだ。大量のイモリが来たら、次は無論、あの子の番だ。〔……〕我慢強く待ち続けた甲斐あって、ようやく息子の戻ってくるのも時間の問題となったのだった。遅くとも、この夏には戻ってくるらしい。夏になれば、音も、光も、私の住まいに戻ってくる。

「夏の家」に語られる子どもたちとのジャッカ・ドフニへの旅は、すでにゲンダーヌさんの亡くなったあとのこととして語られているらしく、そこにゲンダーヌさんの姿はなかった。長編小説

『海の記憶の物語』では、「夏の家」の糸ミミズのエピソードが、ゲンダーヌさんをこの世に呼び戻すことで引き継がれているのである。

　震災後文学に「幽霊」あるいは死者が登場する作品は少なくない。これらの作品で起こっているのは、『海の記憶の物語』同様、失われた者の回帰であるが、ただしそれは単に物語のなかに生き続けるとか、物語に記憶されるといった類のものではない。さらに積極的に、物語ることの呪術性によって、実際に現実に顕れるものとして構想されていることに注意が必要である。

アイヌの声の物語

　日本のキリシタンたちの願いを一身に背負って、少年ジュリアンはマカウへと向かう。ジュリアンをマカウのコレジオ（学問所）に送り出す書状を書いたパードレは、道中、みなしごになって軽業一座の親方に連れられていたチカ（チカップ）と出逢う。なぜだか舟に乗り合わせたパードレにチカはしがみついて離れなかった。あんじょ（天使）じゃといってその子をかわいがったパードレは軽業の親方からチカを買い取り、ジュリアンの妹としてマカウに同行させることにする。しかしジュリアンは、チカは「きりしたんと縁を切っ」て、えぞに戻ったほうが幸せなのではないかと考えはじめる。彼はチカが最初に口にしたことばがアイヌのことばであったことを知っているからだ。

三歳で親と死に別れ、軽業師に買われたあと五歳でポルトガル人のパードレに見出されたチカは、生まれてからずっと、ことばを話さずにいた。アイヌの母から聞いたことばと、人々の話すことばが違っていたからだろう。だからずっと口もきけず、耳も聞こえず、頭の弱い子だと思われてきた。ところが、ある「冬が近づいた海辺で金色の海をながめながら」チカは、アイヌの子守歌を思い出す。ジュリアンは次のようにいう。「おまえのおかっつぁまがうたっとったえぞの子守歌なんやな。えぞのことばで、おかっつぁまはハポか。けんど、ふしぎなもんだべ、おまえがその歌を聞いとったのは、ほんの赤んぼのころやろ？　そいでもこうして思いだせるとはなあ。やっぱり、おまえはえぞの子どもなんね。ねんねのお舟が降りてくる、降りてくる、そら漕げ、そら漕げ、とね。うつくしか歌ずら」「ハポの歌が出てくるまで、おまえの頭は眠ったまんまやったっちゅうこつになるんかな。眠った頭で、おまえは自分を守っとったんべか」

チカがことばを思い出していく過程はかなり丁寧に描きこまれている。それはこの小説が、アイヌ語の世界を取り戻す試みでもあるからだ。山のなかで野ウサギをみつけたときに、ふっと口をついて出て来た「イセポ」ということば。


少し離れたところを、茶色い野ウサギが通りすぎていった。

イ……、イセ……。

チカの体の奥から、音が木の実のようにはじけ飛んでくる。

イセ……、イセポ？

同時に、フアオーウというハポの声もよみがえってくる。フアオーウという声と、新しく飛んできたイセポという音にはさまれて、チカは混乱し、眼をつむった。

フアオーウ、カタア、……。

ハポは眼に見えない海の波に揺さぶられながら、うたいつづける。オータ、カタ、イセポ、とそれに重ねてうたうのも、同じハポだった。イセポと口ずさむと、野ウサギがチカの脳裡に姿をあらわす。野ウサギは波打ち際をぴょんぴょん跳ねる。イセポはウサギのことだった。チカはひとりでうなずく。それじゃ、オータ、カタは？　フアオーウ、カタア、と意味がつながっているんだろうか。

ハポの歌声がチカの頭に遠く近く、うねってひびく。海の波に巻きこまれて、泣き叫ぶ小鳥の姿が、チカの眼に浮かぶ。それにかぶさるように、波打ち際を跳ねるウサギの動きも、チカの視界を覆う。

イセポ……、ポンテルケ。

イセポがぴょんと跳ぶ。そして、イセポは白い波に吸いこまれていく。

フアオーウ、カタア、フアオーウ、アトゥイソ、……。

海の沖では小鳥も泣き叫んでいる。

ああ、ここは山のなかなのに、ハポは海の歌をうたいつづける。なして？　ハポ、教えて、これって、どんげん意味なん？　枯れ葉の山にもぐったまま、チカは途方に暮れて、涙ぐんだ。


ウサギの姿とイセポという語が結びついている。それは意味として結びついているのではなく、ウサギのイメージとイセポが結びついているのである。そしてまたイセポはウサギであるのに海のイメージと結びついていることを思い出す。このようにして文字を持たないアイヌのことばが、語彙からなることば同士の置き換えの連鎖としてではなく、直接に世界あるいはイメージに結びついたものとして存在していることが表現される。その後マカウに向かう船のなかで、チカは、この断片をくり返しうたう。


ジュリアンの腕にしがみついているチカは、少し元気が出ると、ルルル、ロロロ、とジュリアンにしか聞こえない、小さな声でうたった。

――ルルル、ロロロ、モコロ、シンタ、ランラン、ホーチプ！　ホーチプ！

それに合わせ、フアオーウ、カタア、というハポの声が海の向こうからひびいてくる。でも、その声は、フアオーウ、アトゥイソー、のところでぷつんと切れてしまう。

チカがうたうと、「ハポの声が海の向こうからひびいてくる」。ハポの歌声がそのまま耳に聞こえてくるのである。やがてマカウの港につくと、天主堂から鳴り響く鐘の音に誘われ、チカのなかに歌が戻ってくる。

――ルルル、ロロロロ、……フアオーウ、アトゥイソー、フアオーウ、カタアー、……フアオーウ、シルポック……。

ジュリアンに身を寄せたチカは、マリヤさまに似たハポに導かれて、澄んだ声でうたいはじめた。沖の海で、小鳥が危ない、助けを求めている、そんな意味もチカに伝わってくる。歌の全部はまだ、よみがえってこない。それでも、アマカウの鐘の音がハポの歌を少し呼び起こしてくれたらしい。

歌ははじめ、断片的な音として立ち上がってくる。やがて、歌のかたちをなしはじめると、とたんに転がり込むように意味が伝わってくる。ハポの声の記憶とともに立ち上がってくるその歌は、ハポが聞かせたときにチカが理解していた意味ごとそっくり戻ってくるのである。

それはアイヌの伝承のしくみを説明しているようでもある。アイヌのことばは文字化されることがないし、たとえ文字化されても、それがアイヌのためのことばとして記録されることはない。だから、文字を経由することなく音が直接に物や意味へと結ばれている。

その在り方は、じつはキリシタンの言語においても同じであったに違いなく、アイヌのことばとキリシタンのことばはここではパラレルに置かれている。キリシタンのいうマルチリオ（殉教）、コンタツ（ロザリオ）、マリヤさま、ゼズスさま、パードレ（神父）などは、ポルトガル語として学んでいるわけではないし、日本語に訳されることもない。音がそのまま事物や物語に結びついて日本語社会に流入してきているのである。またその日本語は、各地を渡り歩いたジュリアンのことばがさまざまな方言の入り混じるものであるように、一つの言語ではないことが強調されている点も重要である。

イメージに直接結びついたことばは、ハポがうたってくれたときに一緒に眺めた風景の記憶と同時に立ち戻ってくる。同じ船でマカウにやってきた、日本に奴隷として連れて来られたチョウセン人のペトロと雪の降る土地を懐かしんで語り合っていると、「チカの眼にも、マツマエやアキタの雪の結晶がよみがえり、雪のなかで揺れる白い木々も浮かびあがった」。白い木々は、北海道の白樺の林だから、その光景からハポの記憶が呼び起こされるのである。

そして海から吹き寄せてくる冷たい風を感じた。ハポに抱かれて冬の海岸に行ったとき、灰色の海が白い雪を呑みこんでは、白い波を吐きだしていた。ハポはそれを見て、イセポの歌をうたったのだった。白い波はイセポのように跳ねまわる。

チカはうたう。浜辺でウサギがぴょんと跳ぶ、ぴょんと跳ぶ、という意味の歌を。

――オータ、カタ、イセポ、ポンテルケ、ポンテルケ。

つづけて、もうひとつの歌もうたう、けれど、こちらはまだ、歌の最後まで思いだせずにいる。意味も把握しきれていない。

――フアオーウ、アトゥイソ、フアオーウ、カタア、……フアオーウ、シルポック、フアオーウ、テパカン、テパカン……。

やがてチカはこの歌の全部を思い出し、「沖の海でオスの小鳥が危ない、助けを求めている、メスの小鳥が砂原で泣き叫んでいる、そんな意味の歌だとも、今のチカは理解している」。けれども、「なにを伝えようとする歌なのかはわかりそうでわからない」ままだ。

ことばと人間（アイヌ）、人間（アイヌ）と物語がこの小説の大きなテーマだといっていいだろう。そしてその歌、あるいは物語は、なにかを伝えるためにあった。

ねんねのお舟の子守歌、モコロ・シンタを聞いて育ったチカは、自分は海から生まれたのだと感じている。

自分が生まれてから今のこの土地にたどり着くまで、いつも海を渡る船に乗りつづけてきたようなものだ、とチカにはわかっていた。だけど、おらは海から生まれたんだ、と思うほうが、チカの実感に近かった。

気がついたら、そこは海で、海の記憶しか残されていない。海に抱かれ、海に眠り、海を渡りつづけた。

ジュリアンはチカのために、チカの両親がどのように出会ったのか、どうしてチカが生まれたのかを語りはじめる。マツマエの北の山で金がとれるというのでシサム（日本人）の鉱夫たちが大勢、えぞ地に入っていたころ、美しい少女を誘惑して関係した男がいた。少女は、シサムのもとに自らとどまり妻となった。これについてジュリアンは「まったくちがう成りゆきだったのかもしれんが、つらくなるだけの想像をしてもしかたねえべ」と言い、「このようにおまえのハポについては考えておこうな。ハポはシサムの男から逃げたりせんかった。なあ、ハポ自身の意志で、シサムの男のもとに留まったんや」と言う。

やがてシサムが姿を消し、少女は男を探しまわって行き倒れていたところ、通りがかった者が旅籠に運びこんだ。馬小屋で下女に世話されながら、少女は子どもを産んだ。少女は赤ん坊にアイヌのことばで話しかけ、赤ん坊も母親にしか反応しなかった。三歳になって、母親が死に、やがて軽業師に売られてしまった。
のちにチカがマカウに渡って、十四歳の年頃に、港で荒くれの日本人たちに強姦されそうになったとき、チカは「ああ、そうなんだ、おらもハポとおなじになるところやったんじゃ」と思い至る。

……男たちの暴力と重なってチカの体にぶつかってきて、痛みを与えた。おなかがふくらんで、ややこが生まれて、そして三年経つと、ややこを残して、チカは死ぬ。だれの子かわからなくても、おそらく、チカは子どもをハポと同じようにいとおしむことだろう。チカの死後も、子どもはチカを慕いつづけるのだろう。あのような暴力からでも、子どもは生まれ、チカと深いつながりを持つようになる。でも、ハポのときには、あんなひどいことは起こらなかった。チカはそう信じたかった。けれど、じつはハポになにが起きて、チカが生まれることになったのか、ジュリアンがチカのために想像して、話を作ってくれただけで、なにひとつ実際にはわからない。

シサムとのあいだの子だという意味が、チカ自らが港の乱暴者である日本人の男たちに強姦されかかることによって、リアルに迫ってくる。けれどもジュリアンが語った話は、そんな悲劇的なものではなかった。だからこそチカはジュリアンの物語にすがるのである。そうでなければ、チカが半分アイヌであること自体が汚されてしまうからだ。

マカウについてから、ジュリアンは教会に籠りセミナリオで勉強することになった。思春期に入るにつれ、ジュリアンはチカとの距離を測りかねて、次第に疎遠になっていく。一度、ツガルに追放されたジュリアンの両親ともども、タカオカのキリシタンが皆マルチリオを遂げたと知ってジュリアンが放心状態となったとき、チカのもとに戻ってきたことがあったが、それ以降はむしろ俗世を完全に捨てたように見えた。やがてマカウに日本人が増えすぎたというので、一部を残して追放されることとなり、ジュリアンはチカにマカウに残るため尼寺に入るようすすめるが、どうしてもキリシタンの信仰になじめないチカは海賊船に乗って、海を渡り「チカップ」として自由に生き直すことを決める。

オランダ領であったバタビアにたどり着いたチカップは、日本人の母親とシチリア人の父親のあいだに生まれた夫を持ち、子をもうけ、母となっていた。そこから一六三九年、一六四三年、一六七三年と三度にわたり、産婆さんの娘に代筆してもらってジュリアン宛の手紙を送る。「兄しゃまはいま、どこにおられるんですか。ニホンのどこかですか。マカウですか。それとも、パライソにおられるとですか」と尋ねていることから、この手紙がジュリアンのもとに届く保証はどこにもないことがわかる。海のまにまに漂う手紙が伝えるのは、チカップがその後アイヌとしてどのように生きているかということだった。二人の子どもを産んだとき、ハポの声でアイヌのことばが降りてきた。

　はじめての子をうんで、むねにだいたとき、レラということばが、チカップの耳をくすぐりました。
　レラはアイヌのことばで、かぜといういみだと気がついたんよ。そいで、チカップはちっこいむすめのなまえを、レラとしました。パライソにおるハポがきっと、おしえてくれたんね。〔……〕
　つぎのとし、はやくもチカップはふたりめの子をうみました。そのときも、ヤキということばを、ハポはおしえてくれました。そいはセミっちゅういみなんよ。〔……〕
　ほんで、つい半年前、チカップは三人めをうんだけんど、そんときはなにもききとるこつができんかった。あかんぼもしんでしもうた。
　すぐにきえてしまういのちじゃから、ハポはアイヌのなまえをチカップにおしえてくれんかったのかもしれん。

この子どもたちに「十四さいの兄しゃまがかたってくれたものがたりを、チカップと子どもらは、ジュリアンしゃまのおはなし」と名づけて何度も語って聞かせていた。子どもらはモコロ・シンタも聞いて育った。だからオランダのコンパニーがえぞ地へ探索船を出すと聞いたチカップは、この二人の子どもたちを密航させ、えぞ地へと送り返す。この顚末が二十七歳になったチカップが送った第二の手紙（一六四三年）につづられている。一六七三年に書かれた第三の手紙は、五十七歳となって病床に伏しているチカップの語りに、代筆している産婆さんの娘さんが書き足した形式となっている。最後は「いまこのときも、まどのそとから、ラムとトムの子どもらの、でたらめにうたう声がきこえてきます。その声をはこぶ風に、チカップのからだはすこしずつすきとおり、きえていくようです」と結ばれて、チカップは死んでしまうのだろう。

これに続く最終章は、語り手がまだ大学生の頃、一九六七年の三月の終わりにクシロ、アカン湖を訪ねる物語である。そのころにはまだジャッカ・ドフニもない。「ダア」の存在も死もない。だからハクチョウの群れを見ても、のちに「ダア」の死を経験したあとで考えたように、「むかしのアイヌのひとたち」は「死者のなかでも、心ならず死んでしまったひとたちが、真っ白な美しい鳥の姿に変わり、地上の空に戻ってきて、大粒の涙を落としながら、地上の人間たちにどうしても伝えておきたいことを伝えようとする」と考えていただろうことを思いもしない。なぜか泥沼に足をとられてしまうほど夢中になってオオハクチョウを追った、そのときの自分の心理も知らない。最終場面は、トウフッ湖畔で、海を見つめながら、クジラのように大きな黒いものが動くのを見ながら、アイヌの歌を聞くところで終わる。

あなたの耳に歌声が届く。本で知ったクジラの歌が、沖のほうから波に揺れて、あなたの耳に陽気な歌声になってひびいてくる。息をひそめて、歌声に聞き入る。

浜へクジラがあがってきた　フンポ・エー
行って見ようよ！　フンポ・エー
浜へ大きなクジラが　フンポ・エー
白身の肉をどっさり背負って　フンポ・エー
あがってきた　フンポ・エー
行って見ようよ！　フンポ・エー

冷たい風に当たって頬が赤くなったあなたの耳に、ほかの歌もきれぎれに聞こえてくる。

チュプカイ、ホーイ
エライ　ナー、ホーイ
ヤイヌ　パー、ホーイ……

ワッカ　ラク！　ラク！
ワッカ　ラク！　ラク！……

フアオーウ　アトゥイソー
フアオーウ　カタアー
フアオーウ　エピンネ
フアオーウ　シルポック……

〔……〕

シサムのあなたは背中のリュックを背負い直し、海岸沿いに歩く。海の歌声は、そのあなたを追ってくる。

フアオーウ　テパカン、テパカン
フアオーウ　エマトゥネ
フアオーウ　シルポック
フアオーウ　サンオタ　カタ
フアオーウ　エチス　リミムセ

鯨の歌は、本で読んで知った歌だ。けれども、「ワッカ　ラク！　ラク！」は、この小説の読者ならば、チカがマカウでうたい皆も習い覚えた楽しい洗濯歌だと知っている。最後の「フアオーウ」の歌は、チカがようやく思い出した海の小鳥の歌だった。その声が、まだこの小説が生み出されるよりもはるかに前の一九六七年に聞きとられているのである。それはなぜか。

十七世紀のキリシタンとアイヌの物語を描いたのは、いずれも迫害され土地を追われた人びとであったからだろう。これは震災後、故郷を追われ移住を余儀なくされた人びとが多くあることと重なり合う。川村湊の指摘するように海との和解の物語でもあるだろう。しかし、なぜ、この物語の最後が、一九六七年に海のかなたに漂うアイヌの歌を聞く場面となっているのか。

最後に語り手の耳に届いた海の歌声は、ハポの声だったのだろうか。チカップの声だったのだろうか。その声は幽霊の声だったのだろうか。震災後の文学が幽霊を描きながら明らかにしていることは、いま私たちは、多くの死者たちと共にこの世界に生きているのであって、死者たちは、この世に共に生き続けているということだった。私たちの読んできたほとんどのことばは、いまは死者となった作家たちの書いたものだし、私たちのことばをかたちづくるのはそうした過去の人々のことばだ。だから私たちの思考にはいつでも過去に生きた人々の声が響いているはずなのである。東日本大震災のとくに原発事故の衝撃は、私たちはヒロシマ、ナガサキ、第五福竜丸、チェルノブイリといった核と被爆の歴史をどのように学んだのか、といった歴史への視点をもたらした。それは津島佑子の『ヤマネコ・ドーム』『狩りの時代』も含めた震災後文学の一つのテーマだといえる。震災後に新たに生まれ変わった『ジャッカ・ドフニ――海の記憶の物語』もまた、波間に漂う声に耳を傾け、たしかに受け取ることで、現在を再考し、積み上げ直していくことへと、ことばの揺りかごにのせて私たち読者を導いてくれる小説なのである。

（木村）

＊　本稿は、『津島佑子――土地の記憶、いのちの海』（河出書房新社、二〇一七年一月）からの再録である。一部に修正を加えた。

津島佑子の声を追って

与那覇恵子

1

津島文学のテーマは、人間という存在や社会通念をマイノリティの視点から問い直していくことにある。津島佑子について柄谷行人は、「彼女は、私生児や孤児、障害者、少数民族、動物のようなマージナル（周縁的）な存在について書く作家であった。虐げられたものへの共感と深い愛情をもつ作家であった」（「朝日新聞」二〇一六年二月二十三日）と述べている。そんな津島文学の魅力は、それらのテーマを浮き彫りにするための様々な表現方法にもある。

津島佑子の小説では登場人物たちの現在が、多様な視線で照射される。例えば登場する「私」の現在は、過去の「私」の視線（記憶から浮かびあがる「私」）にさらされ、時には「死んだ者」（実際に関わった者たちや知識として得た歴史的人物など）にも見つめられる。一人称表記である「私」は、複数の時間と空間の交錯する「私」として表現される。夢の時間ももう一つの現実と考える津島佑子は、「個人を超え、しかも人間によってとらえられる」「〃多面体の時間〃への強いこだわり」(「魔法の紐のような〃時間〃」、『透明空間が見える時』一九七七年)が、小説を書く動機になっていたという。津島の文学では、作家の個人的な体験が小説の素材となることが多い。ある意味「私小説」とも読める方法を取りながら、そこで表現される現実には、多層的な視点に彩られ相対化された「現実」空間が創出されているのである。

津島文学のもう一つの特色は、文字で書かれたものだけが「文学」ではないことを強調し、身振り、手振りなどの身体言語を小説に組み込み、さらに書く言葉からは抜け落ちてしまう口承文芸の「語り」の力を小説に甦らせたことである。

ここで個人的なことを述べると、女性作家たちによる「新しい日本文学史」と銘打たれて刊行された大庭みな子監修『テーマで読み解く日本の文学――現代女性作家の試み』(上・下、小学館、二〇〇四年)に、私も参加させて頂いた。この企画会議で津島さんが何度も強調していたのが「文学の源流」に位置づけられる「託宣」「歌」「語り」「伝承」といった「口承文芸」をどのように再‐位置づけするかであった。日本の正史からは抜け落ちてしまいがちなアイヌや東北の重要性を指摘しつつ、アンデスや中央アジアの歌について、カムイ・ユカラとギルガメシュ叙事詩の類似性について、熱く語った。津島さんの語りは日本文学と世界文学を自在に駆け巡りながら文学の歴史を展開していった。それは従来の日本文学というジャンルの枠を超えて「文学」に迫ろうとする意思の表れでもあった。

津島の文学には身体言語や語りの可能性、時間の重層性をめぐる方法などが、初期作品から色濃く表れていた。作家の残したエッセイや対談の言葉も参照しつつ、津島文学の軌跡を追ってみることにする。(1)

2

津島佑子が二十歳の時に安芸柚子《あきゆうこ》の筆名で発表した「ある誕生」(「文芸首都」一九六七年九月)には、長女の後に生まれた知恵遅れの息子を抱え、今また生まれようとする新しい子も息子と同じではないかと恐怖に脅える父が描かれている。

太宰治の「ヴィヨンの妻」には歩きも言葉も遅い息子の姿が描かれ、「桜桃」には三人の子のうち長男は「一語も話せず、ほかの人の言葉を聞きわける事も出来ない」と記されている。さらに語り手の父は「子供よりも親が大事」と発言するような、父の役割を放棄したような存在である。太宰治は、里子(佑子)が一歳の時に入水自殺で命を落としており、佑子に父の記憶はない。しかし佑子は、「太宰治の作品だけは、その人が私の父親であることから、かなり早くから読みはじめていた」(「薄暗い背景」、『透明空間が見える時』)と書き、「父親を私はまるきり知らないから、どんな人間なのか、子どもとして必死になって読んだ。私が一番の理解者であるはずなんだ、という気持があった」(「われらの文学的立場」、「文学界」一九七八年十月)と語っている。このような趣旨の発言は様々な場所に見られる。

「ある誕生」での父は、息子が「一年たっても歩けなかった。二年目でようやく這うことができた。今もまだおむつがとれない。すぐ熱を出してしまう。皆はこうなったのも自分のせいだという。俺の責任。何故皆がそういうのかわからない」と嘆き、六歳の長女を相手に「お父さんは生きていけない」「生れない方がいい」と繰り返す、父の太宰と通底する弱い父として造型されている。

津島は小川国夫との対談で、母の語る父は「まったくよくない人間としてしか現われてこなかった」、「言われっぱなし」の「死人というのはとても弱い存在に思えるんですね」(「地縁について」、「文芸」一九七三年八月)と語っている。「死人」の代わりに「だれかが言ってあげなきゃ」という思いが強かったという。「ある誕生」の長女は、父の「生れない方がいい」という言葉をそのまま純粋に受け止め、障害もなく生まれた赤子を父のために殺してしまう。父の気持ちを代行することで逆説的に父を擁護したということになろうか。

津島佑子は、自身が本格的に作家として書き始めるにあたって「自分によって書かれなければならないこと」を突き詰めて考えた結果、それは「自分の家族がテーマだった」（「今、書かれるべきこと」、『透明空間が見える時』）と述べている。そして書かれたのが「レクイエム――犬と大人のために」（「三田文学」一九六九年二月）であった。この小説は、幼い頃に父を喪い、今、母も交通事故死したとされ、伯母の家に預けられた小学校高学年の兄たかと妹ゆきの一日の出来事を描く。両親の不在に加え、さらに犬の死を迎えた二人がその墓を作りながら父母を追慕するという内容で、不在の父、知恵遅れの兄、母と娘の葛藤、現実と幻覚が綯《な》い交《ま》ぜになった空間描写など、この小説には津島文学を彩る様々なモチーフや方法が内包されている。

「レクイエム――犬と大人のために」のゆきは一歳の時に死んだ父のことを覚えていないが、周りの人間の話すことに関して「――父さんのことを、ほんとは父さんって呼んじゃいけないって、そして、まあちゃんのことは気ちがいだなんていった。あんなやつ、死んじゃえばいいんだ」と、強い反発を抱いている。

津島佑子の最後の作品となった『狩りの時代』（二〇一六年）では、津島自身が投影された絵美子の父は、バラックが残る戦後の東京の飲み屋街で、酔っぱらい同士のケンカの仲裁に入り、逆に殴られ命を落とす。人の良さを現して死んだ父として捉えられている。

十四歳で亡くなったダウン症の兄もまた「弱い存在」であった。「ある誕生」で言葉の喋れない長男の発話は「アー―ウ」「アー―ウムムム」という喃語のみで表現されていたが、「レクイエム――犬と大人のために」では、妹の言葉を反復する場面や現実の場で発言する場面では「――まあちゃん　まあちゃん」というひらがな表記で、内面を表現する時には「マアチャン　シロヲボクヨリ　カワイガッテル」というカタカナで表記されており、意味に縛られた漢字表記を避け、響きを重視したかな／カナ表記を用いることによって、意味に縛られない人間性の表現が目指されている。

家族をテーマに選びとった時、それをどのように表現していくのか、その方法が次の難問であった。人間の内面描写に関してジェイムス・ジョイスやフォークナーの文学から多くを学んだと津島は語っているが、[2]漢字／かな／カナという三種類の表記方法がある日本語も大きな助けとなったことだろう。また、津島佑子は兄との生活のなかから感受した人間という在り方、男性の見方についても多くを語っている。

私は、子供の頃に知恵遅れの兄とずっと一緒にいました。それは幸福な体験だったと思うし、自分自身の体験として忘れることはできない。

精薄の人は社会の約束ごとというものを知らないし、もちろん常識というものもない。言葉もない。そういうものを全部消し去ったところの人間関係なわけです。〔……〕

夫婦とか親子というものは役割です。けれども、それぞれその役割がいくら明瞭に求められていても、それが良い人間関係である何の保証にもならない。むしろ、どこまで個人が裸になれるかではないでしょうか。（「〝家庭〟に思うこと」、『夜と朝の手紙』一九八〇年）

「裸」になった存在のもっとも聖化された人物が『寵児』（一九七八年）の主人公高子の「先天性の知恵遅れの子どもだった」兄であろう。

兄の感情に、濁りはなかった。自分にとって快いことが喜びであり、不快なことが怒りだった。しかし、自分の好きな人のために不快を我慢することに、兄は最も深い喜びを味わっていた。なぜなのだろう。兄には知恵はなかったが、愛情という叡智に包まれていた。

社会生活を送るための「知恵」とは異なる、逆に社会生活上では無価値と見なされることもある「叡智」に包まれた者への親近感。それは一方で、知恵のある者への不信感を生む。津島は「欠陥」がない、「健康」である男性は「偽物」ではないかという、「普通の男」に対する違和感も語っている（「地縁について」）。作品集『童子の影』（一九七三年）や『葎《むぐら》の母』（一九七五年）、『草の臥所』（一九七七年）には、知恵遅れの兄（弟）に親和感をもち、「普通」の男との関係に齟齬が生じてしまう女性主人公の意識や行動が描かれている。

ところで、「裸」の人間というのは社会的な規範が通用しないということと、生きることを優先するという意味で「生きもの」に近い存在でもあろう。母が可愛がっていたしろ（シロ）の墓を作りつつ、いなくなってしまった母（まあちゃん）を求めるたかの内面は次のように書かれている。

マアチャン　シロヲ　ボクヨリ　カワイガッテル　シロヲ　ユキヨリ　カワイガッテル
シロガ　イタクテ　ナクト　イッショニ　ナイテタ　シロ　ダイテ　ナイテタ
マアチャン　イツ　カエッテクルンダロウ　シロ　ココニ　イルノニ　マアチャンハ　シロノニオイガスル

知恵遅れの兄の内面を通して、匂いという感覚による母と犬の同一化がなされている。生きものに対する登場人物たちの親近感もまた津島文学の特徴の一つである。「黙市」（「海」一九八二年八月）では、男と別れて二人の子どもを育てている母親は、子どもたちと野良猫たちとの交流を見て、男が子どもを認知することによって男が「父親」になるという人間社会の決まりを理不尽だと感じ、「必要な時に、子どもが適当なオスのなかから父親を選ぶということで充分ではないか」、「オス猫を子どもたちが自分の父親だと思い決めても、オス猫の方では一向に差し支えはない」だろうと考える。オス猫を子どもたちが父として選んでも、オス猫が毎日訪れてくるわけではないが、「夢のなかで、子どもたちは猫の父親の胸に抱かれて」生きものとしての「叡智」をもらっているのだと夢想する。この小説では、「愛情という叡智」を与えてくれる存在を「父」と見なしているのである。

「レクイエム――犬と大人のために」では、兄とは異なり知恵をもった存在ではあるが、「裸」に近い者として妹ゆきも捉えられている。ゆきの母に対する思いは小説の前半で、「あたし、いつも、まあちゃんに怒られてばっかりだったから、死んですっとしちゃったな」、「まあちゃんなんてきらいさ、いつもしろと兄ちゃんのことばかり。まあちゃんだって、あたしのこときらいだったんだ」と語られていた。小説の後半、ゆきは夢のなかでの目撃であるような朦朧とした意識で母の気配を感受する。しかしゆきは、「まあちゃん」と断定しつつ「母」と「確信」できず、「彼女を眺め」る。「女は、記憶の内側に生きている母とは違って、テレビによく出てくる母親と同様にやさしく悲しげに笑って」、二人を「見つめている」。ゆきの発する人称の変化と記憶との相違は、知恵のある者の認識に依拠する状況を示しつつ、やはり愛情を直接的に表現できない知恵のある者の愛情と反発が一体化したアンビバレントな感情を示しているといえよう。だが、その後に「女」が抱いている仔犬に気づき、兄に「あれ、しろのこどもかな？」と問う場面が続き、兄の「――ちいいがう、ちいがうう、まあちゃんの、こおどもよおお」の返事には、強く否定するのではなく「曖昧に相槌を打つ」。

津島佑子の初期作品では、父は他の生きものでも構わないという認識と、母は生きものを産むという認識が交錯している。神話や伝説、昔話では、正統な共同体から排除された人々を動物として表象することが多い。津島は敢えてその方法を援用し、知恵遅れの子のいる家庭や母子家庭の家族を動物と関連づけたり、動物になぞらえて表現したりする。たかとゆきの子どもたちの関係を、ノボル（弟）とサチ（姉）に置き換え、さらに母との関係をも描いたのが「狐を孕《はら》む」（「文芸」一九七二年五月）である。母はサチを「狐のように光る眼をしている」と思う。無意識の裡《うち》にノボルに同化したいと願うサチは「狐」を孕んでいるといえる。「伏姫」「三ツ目」「菊虫」「おろち」「厨子王」から成る『逢魔物語』（一九八四年）には、産む性としての女の身体性と説話の生き物とを交錯させつつ、社会制度からはみ出たと見なされる家族や男女の生を肯定する姿勢が鮮やかに切り取られている。

3

津島は自らの母に関して「被害者として残されたもの」と発言しつつ、母が聞かせる父のイメージは「すごく悪い男性」というもので、母は死者である父に対しては加害者なのではなかったかと思っていたようである（「地縁について」）。さらに自身の子ども時代を素材にした小説に登場する母は、娘を抑圧する存在として捉えられることが多い。知恵遅れの子どもを抱えていても子どもたちが世間から後ろ指をさされないように必死に頑張る母の思いを、津島は『童子の影』に登場する子どもの視点からは抑圧として表現した。しかし「葎の母」（「文芸」一九七四年八月）に顕著だが、自身が妊娠し子どもを産む女（母）として登場する小説では、陣痛の呻《うめ》きのなかで「私は母から何か草の束に似た感触のものを手渡された」と、山姥のように里から追い出されても荒地で強く生きる母を引き継ぐ女（娘）となっている。『風よ、空駆ける風よ』（一九九五年）でも、母という存在が問い返されている。

津島は「地縁について」で、男（父や兄）は死んで、女が子孫をふやしている家という意味で、「自分が女だということに後めたさを感じたり、あるいは力強さを感じたり」していたと語っている。短編集『葎の母』には、男の肉体を必要としつつも、必ずしも生まれてきた子に「父」を必要としない女の相反する内面が描かれる。それは父を全く知らない自身と母の生を投影した女性像であろう。

一九七六年八月に津島は長男大夢を出産するが、息子は夫以外の男性との間に生まれた子どもだった。「私生児の母親」をテーマに書き始めた『山を走る女』（一九八〇年）は、しかし途中か

料金受取人払郵便

小石川局承認

5632

差出有効期間
平成31年4月
24日まで
(切手不要)

郵便はがき

112-8790

083

東京都文京区小石川2-10-

水声社 行

御氏名(ふりがな)	性別 男・女	年齢 才
御住所(郵便番号)		
御職業	御専攻	
御購読の新聞・雑誌等		
御買上書店名	書店	県 市 区

読　者　カ　ー　ド

の度は小社刊行書籍をお買い求めいただきありがとうございました。この読者カードは、小社行の関係書籍のご案内等の資料として活用させていただきますので、よろしくお願い致します。

お求めの本のタイトル

お求めの動機

. 新聞・雑誌等の広告をみて（掲載紙誌名　　　　　　　　　　　　　　　　　　）

. 書評を読んで（掲載紙誌名　　　　　　　　　　　　　　　　　　　　　　　）

. 書店で実物をみて　　　　　　　　4. 人にすすめられて

. ダイレクトメールを読んで　　　　6. その他（　　　　　　　　　　　　　　　）

本書についてのご感想（内容、造本等）、今後の小社刊行物についての
ご希望、編集部へのご意見、その他

小社の本はお近くの書店でご注文下さい。お近くに書店がない場合は、以下の要領で直接小社にお申し込み下さい。

◎

直接購入は前金制です。電話かFaxで在庫の有無と荷造送料をご確認の上、本の定価と送料の合計額を郵便振替で小社にお送り下さい。ご注文の本は振替到着から一週間前後でお客様のお手元にお届けします。

TEL：03（3818）6040　FAX：03（3818）2437

ら「〝父親〟がテーマになってしまった」（「『山を走る女』を書き終えて」、「毎日新聞」一九八〇年九月十九日）ようだと述べている。星野智幸は「親とは、ただ子を育てるだけの存在ではない。自分自身が生きて、生の充実を感じ、生き方の一つの例を示す存在でなければならないのだ」（「人と自分をつなげてくれる、身の不自由」、講談社文芸文庫『山を走る女』解説）と指摘している。この小説で「親」としての存在感を示しているのはダウン症の子を育てている神林である。星野が指摘するように、「親」となる自覚のないままに子を産む多喜子も、神林の生き方に触れることで「母」となる。神林は自分にはアイヌとかギリヤークとかの血が混じっているかもしれないと話し、彼らの住む世界でなら息子にも「できることがあったんだろう」という「夢」を語る人物である。神林は子どもに愛情という「叡智」を与える人間の「父」として造型されたのである。

『山を走る女』には、結婚しなくても子どもは生まれるのに、結婚制度の中でしか子を産んではならないという社会への批判と、未婚の母ばかりでなく、結婚して子を産み、育てている母親たちも「孤独」に陥ってしまう日本の子育て環境の貧しさにも批判の眼が向けられている。

津島は中上健次との対談で、「私生児の母」は「山姥」や「金太郎のお母さん」、「聖母マリア」をイメージしたとも語っている（「物語の源泉」、「文芸」一九八一年一月）。「手続き上の結婚」を経ないで生まれた子への贖罪が生んだ母親像ともいえるだろうか。しかし、この最愛の長男は一九八五年、満八歳で自宅のなかで事故死した。

『夜の光に追われて』（一九八六年）は、愛児が浴槽で溺死するという不慮の事故に遭った現代の女性作家「私」が、十一世紀の『夜の寝覚』の作者「あなた」に宛てて生と死の意味を問う「手紙」「二通めの手紙」「最後の手紙」の部分と、『夜の寝覚』の欠落部分を補って「夢」「雨」「息吹」の三部に綴り直した〝寝覚物語〟から成る。

『夜の寝覚』は太政大臣の中君（寝覚の上）が夢のなかで、心休まる時のない数奇な運命を送る宿世であろう、と天女に予言される場面から始まる。中君は、姉君の夫となるべき男君に偶然見られ「一夜孕み」の妊娠をし、出産するが、子とは引き裂かれる。その後、老関白と意に染まぬ結婚をするが、他の男の接近や帝の執心に悩まされる。しかも再び男君と出会い孕む。結末部分は現存せず様々な展開が推量されているが、津島佑子の〝寝覚物語〟は、最後に中君は母として生きる決意をしたという無名草子の作者の評などを取り入れ、最後の欠落部分を、自己の境遇を率直に受け止めて運命に対処していく聡明さと強さを兼ね備えた母の物語として再生する。

「夢」の部分に登場する珠姫（珠子とも）と名づけられた中君は懐妊を知り、「子を宿すのに、儀式も、歌も、互いの顔も、正体さえも必要としない」と、「女の体の働き」を嘆くだけの女性である。「息吹」では夫信輔のもとで、再び男君宗雅との子を出産する。信輔は子を「まさこ」と名づけ、「息子を得た父親の手放しの喜びを、顔の表情で、動作で示」す。自分と同じように子に対する「清らかな」「愛情」を信輔に感じた珠子は、心染まぬ夫であった信輔を、血のつながりを超えた父として認めていく。そして珠子自身もまさこから「新しい生命」を与えられたと感じ、男女の関係を超えた信輔との異次元の愛に目覚めていく。さらに信輔の突然の死を契機に、珠子はこの世における生身の人間の身体の限定性を知り尽くした上で、死者を通して生を感受する「女」となる。現代作家「私」の造型した珠子は、此岸と彼岸を同時に見据えることのできる女性となったのである。

現代の作家である「私」もまた、「あなた」珠子に宛てた手紙と〝寝覚物語〟を書き継ぎながら、死んだ子どもが自分自身のなかに生きていることを感知し、その子と共に生きている自分を発見していく。

最初の「手紙」で、「私」は生きていることの意味を見失い、すべての人の死を希《のぞ》むほどの絶望感に捉われている。愛する者をむざむざと死に至らしめてしまった「私」の悔恨が語られる。しかし、よその子を自分の子どもと一瞬ではあったが間違えた体験は、子どもを見かけて安堵した「私」の身体反応として確かに「私」の身体に刻まれた。「子どもとまた会える、と私はその日から希望を持つことを自分に許す」光を見つけたのである。

「二通めの手紙」では、現実に起きている様々な死を見据えること、子どもを喪った母親の話を聞き、「私」の悲しみが「私」だけのものではなく、母親全体の悲しみとつながっている思いに至ったことが語られる。そして子どもの誕生の際に「抱けるだけ抱いて、可愛がれるだけ可愛がって育てるといいよ」といった男を、改めて子どもの父親だと認識する。

ある一人の子どもをこの世に迎え、成長を見守り、将来に夢を託し、そうして突然、その子どもをあの世に見送らなければならなくなった、そうした一筋の経験から知った喜び、戸惑い、悲しみの色を理解し合える人が、もう一人いてくれた、という安心感が、子どもの父親と会ったり、電話で声を聞いたりしていると、胸の底から湧いてくるのです。

子どもについて話をすること。その記憶を語り合うこと。それが子どもを甦らせることなのである。さらに「私」は子どもの遺骨を抱いて、一緒に暮らすことのなかった子どもの父親と巡礼の旅に出る。長崎の記念堂、大浦天主堂、浦上の原爆資料館、天草への旅を経て、「私」は死者たちと共に生きている人間の生の在りようを納得する。そして茫然と泣き暮らしていた生活から脱却する。

「最後の手紙」では、〝寝覚物語〟の書き手である「私」が、「私」の創造した物語世界に入り、物語の登場人物たちと出会う。千年の時空を超えて「私たち」は出会う。「私」は彼女たちに、テレビで聞いた「小さな赤ん坊の泣き声を愛おしいと思った瞬間に、心の闇が開かれ」て救いを感じたこと、「手紙」と〝寝覚物語〟を綴っていく過程で死んだ子どもが「私」のなかに少しずつ甦り、その子と共に生きている自分を発見してきたことを話しつつ、生きてある限り、本当の救済には到達しないだろうとも語り合う。

しかし「私」は、「私」の創った物語の登場人物たちが消えた後、「風」と「日の光」のなかに『夜の寝覚』の作者の伝える救済の「暖かな息」を感じ取る。それは作者津島佑子の感受した「息」でもあっただろう。

現実に長男を喪ったばかりの津島に、その悲しみと祈りを表現する書として『夜の寝覚』を選ばせたのは、中君の特異な人生にあったのだろう。津島は、不本意な妊娠と出産、しかもその子との別れ、夫とは別の男性との子を出産、さらに夫の死という体験を、「母」になる女のイニシエーションとして自分と重ねて描くことで、わが子への〝鎮魂の書〟としたのであろう。『夜の光に追われて』は、生と死が明確に区別されている現代に、生死のコレスポンデンスを確かに甦らせたのである。

言葉を書き続けることで息子を甦らせる、死者も生者と共にある空間の創出は、『夢の記録』(一九八八年)や『真昼へ』(一九八八年)、『大いなる夢よ、光よ』(一九九一年)でも展開されており、津島は、夢と記憶と現実は不可分の関係にあるという認識によって、死者たちを現実に招喚する。これらの作品では、絶望の淵から帰還した作家の強靭な精神の軌跡を読み取ることができる。

4

記憶と夢と現実世界とを混交させる方法によって、津島の文学世界はさらなる自在な空間の創出に向かう。一九九〇年代から頻繁に外国に出掛けるようになり、講演や外国人作家との対談もこなすようになった津島は、改めて日本語という言語に向き合う。一九九一年十月から一年間パリで暮らし、パリ大学東洋言語文化研究所で様々な国籍の学生たちとアイヌ神謡集や説教節を読みつつアイヌ口承文学の翻訳もこなした。他者の言語にさらされていた津島が、しきりに思い出していたのがダウン症の兄と言葉との関係だったという。「自分が日本語とは異質な言葉の世界に投げ出されて」はじめて、「ダウン症の兄にとって、言葉はけっして無意味なものではなかった」と理解したという。

兄にとって言葉とは、ひとつひとつ、愛情を込めた美しい生き物であり、愛する人たちと与え合う貴重な、光るものだった。〔……〕人間として純粋な会話しか、兄には存在しなかった。

そして外国で言葉が不自由な私にとっても、言葉の意味が曖昧になったのではなく、逆に言葉のひとつひとつが明確に浮かびあがり、大事な、美しい光るものになっていた。〔……〕純粋な会話だけが私に残された。私はようやく、兄がかつて教えてくれた言葉の世界に近づいていた。

（「純粋な会話」、『アニの夢 私のイノチ』）

言葉と直《じか》に向き合う体験から生まれたのが『かがやく水の時代』（一九九四年）である。この作品で日本人のミサコが、アメリカ生まれでアメリカ国籍の従妹アサコ（アシリア）と、フランスやアメリカの地で交わす言語は英語である。母語でない言葉でのやり取りにミサコはもどかしさを感じるが、逆に話される言葉に敏感にもなる。日本人の両親から生まれたアサコは、自分のルーツに繋がるはずの日本語を父によって遮断されたと感じており、自分という存在に複雑な思いがある。どの言語を話すかという選択を通して、人種や国籍の問題ばかりでなく家族という関係も問われていく。一方で、すべての死者のための祈りが捧げられる「諸聖人《トウッサン》の日」や、死者が帰ってくる「アナオンの祭り」などに参加したミサコは、死んだ父や兄、息子といった「親しい、日本で死んだ死者たち」を身辺に感じながら、彼らが呼びよせた「さまざまな言葉をしゃべる」「さまざまな場所の死者たち」の気配も身近に感じる。それはまさに異質な言葉との回路が身体の感触を通して開かれたことを意味する。死者に国境や言語の壁は存在しないのである。

この小説では、災害ばかりでなく各地で続く内戦や紛争によって難民や移民が大量に発生している状況にも眼が向けられている。生者が生き難い世界では、死者もまた生き難いとでもいうように。『火の山――山猿記』(一九九八年)や『笑いオオカミ』(二〇〇〇年)、『あまりに野蛮な』(二〇〇八年)、『葦舟、飛んだ』(二〇一〇年)などで個人の生活は、戦争や大災害といった世界的な負の出来事と様々な形でシンクロする。「その社会で『はじっこ』に追いやられたもの」(「渦巻く文学をめざして」、「群像」一九九八年十一月)を「文学の言葉」で掬《すく》いとろうとする津島佑子の試みは、世界史的な視野を含むものとなっていくのである。

パリ大学でのアイヌ・ユカラの翻訳体験から、神や動物に憑依した「私」という「四人称」の語り手にも気づかされる。作品集『「私」』(一九九九年)には人間をはじめ神や動物、死者の「私」も登場し、様々な「私」を語る。さらに『梁塵秘抄』や説教節の語りを内包した『ナラ・レポート』(二〇〇四年)では、突然の死に襲われた者たちの「声」を掬いあげる方法として登場人物が鹿になったり鳩になったりと、自在に動き回る「私」が設定されている。輪廻転生の思想を取り込みつつ、他の生きものと人間との意表を突く同一化や、奈良の大仏の破壊と共に紙面の言葉も飛び散る様は、読まれることを拒否するかのような、活字化された文字による言葉の反乱/氾濫となっている。言葉が散乱する紙面は、ヤマト文化圏の言葉を嫌悪し都の周辺で暮らす被差別者への共感とも読める。

歌として伝承されてきた「夢の歌」を素材にした『黄金の夢の歌』(二〇一〇年)では、『ナラ・レポート』の禍々しい語りの横溢ではなく、マイノリティとして排除されたキルギスの英雄マナスを「トット、トット、タン、ト」と心地よく響く音によって讃える方法がとられている。冒頭の現在時を二〇一一年の3・11後の五月に設定した『ヤマネコ・ドーム』(二〇一三年)も、気を緩めてしまうと一瞬、どの時代のどこに居るのか分からなくなってしまうほど、三人称の多声が響き合う巧妙な語りで展開されていく。

登場する人物たちも多彩である。戦後に米兵と日本人女性との間に生まれたミッチとカズ、ミキなどの多数の「混血孤児」。母子家庭のヨン子とター坊。ブリトン人とアイヌの女歌手。ブルターニュの「魔法使い」に、城館の女主人。時間と空間は錯綜しつつも、ベトナム戦争や湾岸戦争、チェルノブイリに9・11、ケネディの暗殺事件など、世界への参照点が織り込まれている。

現在時の場所は、見えない放射性物質に汚染されている東京。世界の変異を眼にして六十歳を過ぎたミッチとヨン子は、八歳と七歳の時に遭遇した、オレンジ色のスカートを池の水に浮かべて死んだミキちゃんの死の記憶を呼び起こす。子どもたちにとってオレンジ色は原発の爆発のように、一瞬にして安穏な生活にひびを入れた禍々しいものとして共有されている。

その感覚を最も強く体現していたのが、殺人犯と目された九歳のター坊であろう。数年に一度の発作に襲われ、それに関連するかのようにオレンジ色を身につけた女性が殺害されるが、その因果関係が説明されることはない。ター坊は、放射能に代表される見えないものの脅迫から逃げられず、破壊的になっていく力を表象しているともいえる。小説の最後は、ター坊の死後「放射能の煮こごり」のような部屋で暮らす彼の母親を、ミッチとヨン子が連れ出す場面で終わる。行く先は、植物や動物や生者や死者が共に生存するブルターニュの森がイメージされる「ヤマネコ・ドーム」ということになろうか。

津島は、戦争を潜《くぐ》り抜けて生き残った者はどんな形であれ生き続けなければならない[3]、と何度も語っているが、母親を連れ出すミッチたちの行動には、そんな津島の思いが込められている。絶望的な状況のなかに、血にも国にもこだわらない新しい関係を築こうとする希望の声も聞こえる。『ヤマネコ・ドーム』は戦後六十年の世界の経験と彼らの経験との重なりによって、致命的な暴力性が潜在する私たちの生きてきた歴史を改めて辿り直すことのできる物語となっている。

『ジャッカ・ドフニ——海の記憶の物語』(二〇一六年)は、東日本大震災の死者を含め、あらゆる死者が生者と共に在る空間をカムイ・ユカラを通して創出した作品である。「ジャッカ・ドフニ」は、サハリンの少数民族ウィルタの「大切なものを収める家」という意味をもつ。津島の生涯において最も「大切なもの」とは、不慮の事故で亡くなった八歳の息子であっただろう。津島は息子を何度も何度も書き綴ることで、息子を甦らせる文学の力を信じてきた。本書もまた、そんな文学の力から生まれた。

作品は、二〇一一年、一九八五年、一九六七年と時を遡《さかのぼ》って登場する「わたし」の章と、一六〇〇年代、十七世紀のキリシタン迫害の時代を背景にした章から成る。オホーツク海岸を旅する「わたし」の体に「津波から逃れ生き延びよ」というカムイ・ユカラが甦ってくる場面から始まり、その歌が生者と死者の「魂」の救済となることが示唆される。「あなた」と呼び掛けられる「わたし」の物語では、津島が親しんできた口承文学、とくにアイヌの歌が、海からの歌声として「あなた」を追い、「あなた」の軌跡を遡っていく。

もう一つの物語は半分「えぞ人」である、アイヌ語で鳥を意味するチカップ（チカ）の名をもつ女性の生涯を辿る。幼くして孤児となったチカは、多くの人々に助けられて北海道からナガサキ、マカオ、バタビアへと過酷な旅をする。聞こえない、喋れないと思われていたチカだが、航海中に母の記憶に連なるカムイ・ユカラを思い出す。生命の源であり母胎のメタファーでもある海が母の声、匂いをチカの体に甦らせたのだ。母の声を発見した少女は、その歌によって国境を越えていく勇気をもち、さらに多くの者の心を癒す。美しい音でカムイ・ユカラが響くチカの物語は、社会の本流から端っこに追いやられた者たちへの共感の声が響く、現代文学における一大叙事詩といえる。

ここには、カトリック教徒としての視線や、一九六七年から本格的に作家として歩いてきた津島の足跡も投影されている。津島は、複数の価値観を肯定する文学的営みを続けてきた。この作品はそんな彼女の魂の軌跡が収められた自伝的小説ともいえるだろう。

福島原発事故によって起こった隠微な差別構造を可視化したのが「半減期を祝って」(「群像」二〇一六年三月)である。原発事故から三十年後の日本では、「純粋なヤマト人種」ではない「アイヌ」「チョウセン系」「トウホク人」「オキナワ人」が、住む場所や仕事によって差別されている。とくに選別され国に尽くす「愛国少年(少女)団」(略して「ASD」)に彼らの子弟は入団できない。ところで、「ASD」とは「自閉症スペクトラム障害」をさす語でもある。差別する者と差別される者が一体化した名称に含まれた深いアイロニー。人を線引きできるのか、と津島は問うているようである。

人はなぜ差別をするのだろうか。美や力と見なされるものに魅了される人間の意識や、他者より抜きんでたいという欲望そのものに差別は内在しているのだろうか。絶筆となった『狩りの時代』で、津島佑子はこの根源的な問いに真正面から挑んでいる。すでに何度も指摘したことだが、津島が十二歳の時にダウン症で亡くなった三つ違いの兄は、社会の中で通用する知恵は欠いていたけれど、通常の価値観とは異なる価値を体現する者として妹は向き合ってきた。健常者とそうでない者を区別する社会の眼差しを文学的に変えようとする強い意思が津島の作品には満ちていた。『狩りの時代』もその構図を踏まえているが、大きく焦点が当てられているのは差別する意識の在りようである。

小説は、二つの大家族の声が時空で錯綜し響き合う形で展開する。戦時中から福島の原発事故が起こった現在までの出来事を通して、その裡に潜《ひそ》む無意識の差別意識を浮かびあがらせていく。戦時中の大きな出来事は、甲府駅でのヒトラー・ユーゲントの歓迎式典で、六歳から十二歳だった子どもたちが受けた衝撃である。自分たちとは「人間の基本が違う」と感じながらも「美しく、有能な」彼らと同一化したかったという感情は、ナチスの暴力を知った戦後も続く。

一方、戦後に生まれた子どもたちはナチスが障害者や老人を「選別」した話を偶然耳にする。そして自分より能力が劣っていると思っていた者が突然、力を発揮した時に、意味も考えずに「フテキカクシャ」を「殺せ」と口にしていた。それは知恵遅れの人物が無能さではなく、ささやかではあるが優れた形で存在感を見せた時に、「ふつうの子ども」によって流用され発せられた言葉であった。人間社会に力動をもたらす源の一つとしての悔しさと嫉妬の感情。津島はそれらの感情を否定してはいない。ここで人間の内面の差別構造に真摯に向き合っているのだ。

かつて「レッドパージ（赤狩り）」と呼ばれた時代があった。美や力への妄信、劣等感は差別意識と表裏一体である。この物語は非寛容な社会が広がっている日本の現実とも通底する。この作品に響く、弱者やマイノリティに寄り添って作品を書き続けてきた津島佑子の声を、私たちは引き受けなければならない。

【注】

（1）　初期作品の傾向については拙著『現代女流作家論』（審美社、一九八六年）でも論じている。

（2）　とくにフォークナーの文学の新しさについて、「文字を持たないひとびとの言葉の発見、言い換えれば語りの世界の再現」（『アニの夢　私のイノチ』一九九九年）だと指摘している。

（3）　河野多恵子との対談「戦争を境とした女流の対話」（「三田文学」一九七二年十一月）で、「戦争、原爆、大震災」後の「おびただしい死人の群れから自分の生命がヒョコッ」と出た、「死人に託されてる命」ではないかと語っている。

第三章

津島佑子と二十一世紀の世界文学

ラウンドテーブル＊津島佑子と二十一世紀の世界文学

川村湊／中上紀／ジャック・レヴィ／マイケル・ボーダッシュ
司会＝**井上隆史**

井上　二十一世紀に入り、至るところでさまざまな問題が出てくるのに先立つようにして、津島さんがいろいろなテーマを出してくださいました。われわれがそれを受け止めて、未来につないでいくために何が必要なのか。そういうお話をうかがってまいりたいと思っております。

登壇者の先生方のご紹介をさせていただきたいと思います。もう皆さんご存知の著名な方ばかりですけれども、舞台右側にお座りなのが、川村湊先生でいらっしゃいます。現代小説、現代文学の最も優れた読み手のお一人として、文芸時評その他でずっと活躍をなさっておられる先生です。津島さんとも会合やお仕事の旅行でご一緒のことが多かったのではと思いますが、今日はそんなお話もおうかがいできたらと思っております。

お隣が中上紀さんです。中上健次のお嬢様でいらっしゃいます。ついこの間も、部落のテーマについて語った健次自身の肉声テープを取り上げたNHKの番組をとても興味深く拝見しましたが、紀さんが解説をされておりました。健次と津島佑子はいろんな関わりがありますね。つい先だって、私もある編集者から話を聞きました。「文芸首都」時代に、中上健次というすごい作家がいるのでとにかく読めと津島さんから勧められたのだけれど、まだ健次の作品が広く知られていなくて、ついそのときは読まずに済ませてしまって、あとから非常に後悔したそうです。この二人がどんなふうに関わっていたのかということを考えさせるエピソードだなと思ってうかがいました。

それから、ジャック・レヴィ先生。日本文学の研究・翻訳者としてご活躍されており、一番多いのは中上健次の翻訳でしょうか。他にも山田詠美など、いろいろな作家の翻訳をされております。世界的によく知られている津島さんですが、翻訳という作業を経てはじめて誕生するという部分もあります。そのようなことについてもお話しいただけるものと楽しみにしております。

そして四人目がマイケル・ボーダッシュ先生です。昨日まで夏目漱石の会合に参加されており、本日はお疲れのところをおいでいただきました。今、日本文学をきちんと鑑賞し、かつ日本の政治、文化のすべてを論ずることができる方として、先生は世界で最も重要な人物の一人だと思っております。私たちはどうしても視野が狭くなってしまうのですが、ボーダッシュ先生は非常に大きなパースペクティヴで日本文学を論じてくださいます。では、それにかなう現代作家にどんな人がいるかと考えると、やはり津島佑子さんは最も重要な人物の一人ではなかったか。だが、残念なことに亡くなってしまった。最初にも申しましたように、今日の会合で私もいろいろ勉強させていただき、そのテーマを受け継いで、大きく展開してゆきたいと思っております。

それでは、川村先生にマイクをお渡しして進行をお願いしたいと思いますが、よろしいでしょうか。

川村 皆さん、こんにちは。最初に振られてしまったんですけれども、私が最初に話しちゃうと、このあとでうまく議論が出てこない気がします。というのも、今日何を話そうかということはまったく考えていなくて、成り行きでなんとか、と思ってきたので、最初に話すとなると成り行きというわけにもいかず困ってしまうんです（笑）。というのは、直前まで津島さんについての論を書いていたんです。河出書房新社の方で津島さん特集のムックを出すそうで、それに載せる論考を、昨日の夜ようやく書き終えました。その論のことを考えていたので、今日何を話すかということはまったく考えていませんでした。先ほどからお話を聞いていると、皆さん、きっちりとしらべてお話ししていらっしゃいますので、じゃあ私一人ぐらいは埒《らち》もない思い出話でお茶を濁してもいいんじゃないかなと思って、さっきそう決心しました（笑）。

私は津島さんとは、あちらこちら一緒に行きました。津島さんが「行くぞ」とおっしゃるわけですね。母親ではないですけど、お姉さんぐらいの……まあ、おばさんぐらいの形で行くぞと(笑)。じゃあ、ついていきますと。別に二人きりの旅というのではなくて、いろいろな人たちと一緒に行ったんです。

たとえば韓国。〈日韓文学シンポジウム〉ということで済州島に行き、それから原州《ウォンジュ》、江陵《カンヌン》というところにも行きました。日本国内でのシンポジウムでは、島根や青森、北九州にも行ったことがあります。それから中国の北京では日中の女性作家会議があった。私は女性ではないし、また湊という名前が女性だと思われたのでもなくて、お前はカバン持ちか裏方をやれという感じで、津島さんが団長になって北京まで行きました。北京からさらに、今度はウルムチ、新疆ウイグル自治区の方まで足を延ばしたこともあります。

『黄金の夢の歌』という作品がありますね。もちろん小説ですから、事実そのとおりの紀行文ではないですが、津島さんがキルギスに行ったときのことが書かれています。私はそこには行きませんでしたが、小説の中に書かれているウイグルに行って、カシュガルというところでオオカミの毛皮を買ったこともあった。そのときは一緒に、タクラマカン砂漠のへりや天山山脈のそばを自動車で走って、ホータン、カシュガルまで行ったんですね。

それからインドにも一緒に行きました。やはり文学キャラバンということで、カルカッタやニューデリーを回りました。その前は、エジプトのカイロ大学の日本語学科の開設何十周年かの記念講演会がありました。津島さんが講演をしに行くのに私も一緒について行って、講演会のあとでピラミッドへ行ってスフィンクスを見てきたことがあります。

そういう思い出話だけしていても埒があかないんですけれども、またさらに埒もない話をしますと、そこではものを食べたということしかおぼえていないんですね。また津島さんはよく食べるんですね。これは誰かがお書きになっていたと思いますが、非常に健啖家で、どこに行っても好き嫌いをするというのはほとんど聞いたことがないんです。だいたい何でも食べる。印象深いのは――これは『黄金の夢の歌』にも書かれていますが――タクラマカン砂漠に行ったときにモンゴルの遊牧民族のテントに行った。今日のお昼ごはんは何にしようということで、地元の人にお願いしてみると、一匹の哀れな子羊を連れてきて、これでどうですかと。もちろん生きた子羊です。津島さんと顔を見あわせて、かわいそうだよねと言いあった。かわいそうだけれども、でもあれしかないみたいだからということで、その哀れな生贄の子羊を解体されるまで見て、肉になって、串に刺されたのを、食べてきました。津島さんはかわいそうだねと言いながら、でもおいしいわよねと言いながら食べていた（笑）。そんなことを強烈におぼえています。

エジプトのカイロでは、イスラムですから豚肉などの肉は食べられなくて、どこかで肉を食べられないかなということを言っていました。あるいはカシュガルでは、町を歩いているときにバザーがあって、屋台においしそうなスイカのようなものがあった。ハミ瓜ですね。それを見ているうちに食べたくなったので、ちょっと今食べたら晩ごはんが食べられなくなるんじゃないと言いながら、やっぱり食べてました（笑）。そういうような思い出ばかりなんですけども。

そういったことから出発して、ちょっと文学的・作家論的な方向に考えてみます。エジプトのカイロに行ったときに、原始キリスト教とも言われているコプト教の教会に行きました。津島さんはヘビースモーカーで、よくいなくなるんですが、煙草の煙の匂いを探っていけばだいたいそこにいるんですね。たしか教会の中では煙草を吸えないので、外で吸っていたような気がします。それはともかくとして、コプト教会には羊皮紙で書かれた聖書が飾られていたんですが、それを非常に熱心に見ていたのをおぼえています。そうか、津島さんはクリスチャンなんだとあらためて気づいた。今日この白百合女子大学に来たのは私はじめてですけれども、なるほどキリスト教なんだなというふうに思いました。

つまり何が言いたいかというと、津島さんはキリスト教以外の宗教が好きではなかったんだろうなという気がしたんですね。考えてみると、ウイグルでイスラム教のモスクに行ったとき、男は異教徒でも入れたんですが、女性はだめだということで入れてくれなかったんです。異教徒の女性は入れないという。だから津島さんは入らなかったんじゃないかと思うんです。私は入ったんですが、津島さんは入れなかった。別にそれほど入りたいと思ったわけでもないようなんですけれども。それからインドへ行ったときは、カルカッタにあるカーリー寺院というヒンズーの寺院へ行きました。そこでは毎日、山羊の首を切って生贄にするんですが、私はその前の日に見に行ってすごかったよと言ったら、じゃあ行こうということで、小説家は好奇心が強いなと思いながら見に行ったということもありました。でも、ヒンズー教はさほど気に入らなかったんじゃないかなと思うんですね。そのあと、クリシュナ神のメッカとなっているマトゥーラという場所に行ったときには、裸足になってヒンズー寺院の中に入るんですね。タージ・マハールもそうなんですけれども、濡れたような石張りの床を裸足でペタペタ入っていく。いやだよねー、みたいなことを言った。私もいやだったんですけども、いやだなー、というふうに言ったおぼえがあります。それはもちろん生理的な感触もあるのですが、もっと信仰的・信教的な違和感もあるのかと思いました。

もちろん、津島さんの宗教心、あるいは宗教に対する関心というのは、もともとこの白百合学園で培われたキリスト教がベースになっているけれども、必ずしも正統的なキリスト教ではないような気がします。

先ほど皆さんのお話の中で、『ジャッカ・ドフニ』の主人公、隠れキリシタンのチカというアイヌの女性のことが出てきましたが、隠れキリシタンというのはキリスト教の中でも、正統的なものからははずれた、異端的なところがあるんですね。津島さんの宗教観の根幹にあるのはキリスト教というよりも、いわゆるトーテミズムなんだろうなと、お話を聞きながら思いました。

トーテミズムというのは——先ほども津島さんがカシュガルでオオカミの毛皮を買った話をしましたが——オオカミが非常に好きなんですね。もちろん日本オオカミというのはもう日本にはいないですが、津島さんはそれを探すためにわざわざカシュガルまで私たちを率いて、バザールまで行ってオオカミの毛皮を買ったんですね。どこかに毛皮を売っていないか。そうしたらそこにオオカミの毛皮があったんです。津島さんは喜んでそれを買いました。ちょっと値切ったようですけど。するとと、隣の店のおばさんが私の方をジロッと見て、「お前、どうしてオオカミの毛皮を買わないんだ。あの日本人は買ってるじゃないか」というようなことを言うんですが、「いや、私はオオカミは嫌いだから」とか、「私の先祖はオオカミじゃありませんから」とかなんとかでごまかしたわけです（笑）。まあ、それだけオオカミが好きなんですから、津島さんは自分の先祖はオオカミだと思っていたのかもしれません。しかしそのオオカミもまた、チンギス・ハンのような蒼きオオカミ、格好いいオオカミではなくて、何かもうちょっとはずれたような、決して強いオオカミではない。孤独な荒野のオオカミ。そういうオオカミに対するトーテミズムのようなものが津島さんの文学の根にあるのではないかと思いました。

というようなことを、昨日、津島さんの論で考えながら書いたんですが、今日の話を聞いて少し修正しなきゃいけないな、というふうに思っていますね。……ぜんぜん世界文学とは関係ない話をしてしまった（笑）。ですが、世界宗教というテーマに結びつけていくと、津島さんの宗教観というのは決して正統的なキリスト教ではなくて、もっと深層や底にあるトーテミズムとか、アニミズムとかシャーマニズムにも近い、そういった違う精神を持っていらっしゃって、むしろそれが世界宗教、それから世界文学につながっていくものなのではないか。我ながら非常に無理な、強引な結びつけ方だと思いますけれども、こんなところでとりあえず私の話を終えさせていただきます。

中上　中上紀と申します。よろしくお願いします。

津島さんはいろいろなところに旅をされていましたけれども、私も、二〇〇四年にインド帰りのクルタを着た津島さんとお目にかかる機会がありました。熊野大学での基調講演に関する打ち合わせでした。講演は大成功でした。ただ、私は韓国で交通事故に遭って熊野に行けず、講演を聴くことが叶いませんでした。

津島佑子さんと最初にお目にかかったのは、とても小さかった頃でした。私の両親である中上健次と紀和鏡は、若い頃「文芸首都」の同人でした。津島さんと父は、そこでライバルでもあり、良き友人でもありといった関係だったようです。時代的には、一九六〇年代後半から一九七〇年代はじめにかけてのことです。

その集まりの際だったか、おそらく二歳か三歳だった私が、津島さんのお嬢さんの津島香以さんと大喧嘩し、泣かせてしまったと、のちに津島さんご自身からお聞きしました。一切覚えていないとは言え、大変恐縮し、「私じゃないです、妹です！」と妹に罪をなすりつけてしまいました。

その次に津島さんにお会いしたのは、たしか一九九〇年、サンフランシスコの空港で、シンポジウムに参加している父にロサンゼルスから会いに行った際のことです。私はまだ学生で、お会いしたという記憶があるだけで、ディテールまでは覚えていないのですが。ただ、その翌年に、湾岸戦争がありました。湾岸戦争への日本の関与に反対するとして、津島佑子さんは、中上健次、柄谷行人氏、川村湊氏、島田雅彦氏、いとうせいこう氏らと共に声明を出しました。

さらにその流れで、「異なる文化を持つ人々が理解し合えず戦争が起きるなら、まず隣の国同士の作家同士が親しくなろう」という提案がなされ、以来津島さんが深く関わり続けた〈日韓文学シンポジウム〉が構想されたと聞いています。

先ほど川村先生がおっしゃった、二〇〇二年原州《ウォンジュ》での〈日韓文学シンポジウム〉には、私も参加させていただきました。すべては最初から続いていたような、不思議な気持ちがしています。川村先生がおっしゃっていらした、二〇〇一年北京で開催された〈日中女性作家シンポジウム〉にも、連れて行っていただきました。思えば、私が津島佑子さんと本当の意味で「出会った」のは、この時でした。まだデビューして一年ほどで、何もわからない中、ご迷惑しかおかけしませんでしたが、団長の津島さんが優しく導いてくださいました。

その、北京のシンポジウムで津島さんがおっしゃっていたことが、すごく印象に残っています。「文学がなくても人間は生きていけるが、人間が生きていなければ文学は生まれない」。その時の私にとって、とても心に響く言葉でした。

津島さんは、常に世界へと目を向けていらっしゃいましたが、同時に、戦争の背景や、近代化してきた日本というものを見つめていらっしゃいました。その中で流された涙とか、弱い人たちの叫び声とか、そういったものにわれわれは応える義務があるんじゃないか。そういうことを、肉親の死を通して知ったのだということを、語っていらしたと思います。

本当に偶然ですが、北京のシンポジウムは、ちょうど9・11の時でした。アメリカの同時多発テロが起きた二〇〇一年九月十一日、私たちが出発したのはその前日でしたが、朝、北京のホテルで目覚めたら、凄いことになっていたんです。

そして、その9・11から3・11まで十年の間にずっと、イラク戦争やテロなどが続き、そして、福島の原発事故が起こった。原発の安全性を主張する日本、異議をとなえると潰されかねない日本の異様さを、津島さんは文学の中でも、リアルライフでも、訴え続けました。たとえば、原爆の時に、日本人の健康被害をアメリカがわざわざ調査していたのと同じようなことを、今の日本はやっていると主張しておられました。それらはすべて、声を出すことの出来ない人々のために行ったことでした。

私はもともと津島さんの初期の作品が好きで、『寵児』や『光の領分』にあこがれていたんですね。それらの作品も、人間、とりわけ産む性としての女性を軸にしていたからこその作品であり、まさに「人間が生きていなければ」生まれないものであった。そのあとの文学も、文学があるがゆえに人間は生きているんだということに、全部通じている気がしています。

また、津島さんの作品には、ほんとうに「文学があるがゆえに生きている」のではないかと思ってしまうほど、多分にご自身の生き方とシンクロするものも多いですが、鳥や動物たち、障害を持つ人々と、多方向に枝が広がっており、その一本一本に、社会的に弱い立場の人々の声が編み込まれています。戦争のこと、アジアのこと、さまざまな歴史の中で虐げられた人々の叫び。それがどんな小さなものであれ、津島さんは、決して聞き流すのではなく、くまなく耳を傾け、一つ一つ丁寧にくみ取り、拾い集めながら小説を編んでいった。津島さんの最後の大長編『ジャッカ・ドフニ』の中で、パードレと呼ばれる宣教師たちが、命をかけて苦しむ人々の告白、小さな叫び声に耳を傾けるということをしていますが、まさに津島さんご自身が、パードレのようでした。

先ほどお話しした、津島さんとはじめてご一緒した〈日中女性作家シンポジウム〉の話に戻ります。私たちが北京入りした日は、ニューヨークのテロが起きた日の前日でしたが、実は、出発前から、台風で国内線が次々と欠航になったり、成田行きの特急列車が止まったりと、トラブルが続いていました。ようやく離陸した飛行機のなかで、ちょっと怖かったねという話をしていたんです。一緒に乗っていた方たちは、私以外、津島さんや川村湊氏、中沢けい氏、松浦理英子氏など、錚々《そうそう》たる顔ぶれの作家や批評家の方々でした。揺れる機内で、誰からともなく、飛行機が落ちたら大変だ、きっと日本の文学界が変わってしまうだろうなどといった冗談が交わされもしました。そうしたら、津島さんが呟くように、おっしゃったんです。「いや、何も変わらない」と。

その言葉が印象的でした。どうして変わらないのだろうと不思議に思い、忘れられませんでした。でも、今あらためて考えてみると、もしかしたら、変わらないというのは、文学ではなく、日本が変わらないということだったのかもしれない。書き続ける存在である津島さん、言葉をつないでいく書き手たちがいなくなってしまったら、日本はこのまま滅びるのだ、しかも、弱い人たちから滅びていくのだ、という意味だったのかと思ったのです。虐げられた人々の声を文字にし、世界に届ける作家たちがいなくなったら、人間たちはこのままずっと何も変わらない。変わることが出来ない。このことに気づいたのは、恥ずかしながら最近ですが、あらためて津島さんの凄さを思いました。

私のつたない話はこれぐらいにしたいと思います。

レヴィ　こんにちは、ジャック・レヴィです。

　私は津島佑子の翻訳者でも、研究者でもないのですが、彼女がフランスではもっともよく知られている日本現代作家のひとりであることについてお話ししたいと思います。他の作家とは少し違った地位にあるわけですけれども、それはなにゆえかというと、お配りしたリスト（**次頁表**）にもあるように、非常に初期の段階にフランスで紹介されたんです。そこで注目してほしいのは、出版社です。エディシオン・デ・ファム、そのまま訳せば「女性の出版社」といった名の、当時のウーマンリブやフェミニズムの傾向とはちょっと違ったスタンスを持ったグループによって創立された出版社です。女性特有のエクリチュールを促進する趣旨で、女性作家の作品を出版していたのですが、その一員として津島佑子が紹介されたんですね。この出版社で重視されていたのは、精神分析理論の影響もあって、自己分析的なタイプの女性作家、それと身体性や男性支配の社会を扱う作品。リストに五作（『寵児』『光の領分』『日の河のほとりで』『黙市』『夜の光に追われて』）ありますが、それらは熱心に翻訳され、次々と紹介されていったのです。

　本来の自伝的、自己分析的要素に加えて、当時、フランス文学の流れの中で注目されていたのは、自己《オト》フィクションというジャンルです。つまり、自分が経験していないことを経験したかのように語ろうとする趣旨のフィクションですね。自伝とフィクションを巡っていろいろな議論が

津島佑子作品のフランス語訳（2016年現在）

原題	訳題	訳者	刊行年
Des Femmes（デ・ファム社）			
寵児	*L'Enfant de fortune*	Rose-Marie Fayolle	1985
光の領分	*Territoire de la lumière*	Anne et Cécile Sakai	1986
日の河のほとりで	*Au bord du fleuve de feu*	Rose-Marie Fayolle	1987
黙市	*Les Marchands silencieux*	Rose-Marie Fayolle	1988
夜の光に追われて	*Poursuivie par la lumière de la nuit*	Rose-Marie Fayolle	1990
Gallimard（ガリマール社）			
銀の雫降る、降る——アイヌの歌	*Tombent, tombent les gouttes d'argent: Chants du peuple aïnou*	Flore Coumau etc.	1991
Albin Michel（アルバン・ミシェル社）			
山を走る女	*La femme qui court dans la montagne*	Liana Rosi	1995
Philippe Picquier（フィリップ・ピキエ社）			
大いなる夢よ、光よ	*Vous, rêves nombreux ! Toi, la lumière*	Karine Chesneau	2001
Seuil（スイユ社）			
風よ、空駆ける風よ	*Ô vent, ô vent qui parcours le ciel*	Ryôji Nakajima et René de Ceccaty	2007
夢の記録	*Album de rêves*	Ryôji Nakajima et René de Ceccaty	2009

交わされる中で、津島佑子がフランスの作家たちの関心をひいたのです。ナンシー・ヒューストンやル・クレジオとも交遊がありますが、とくにフィリップ・フォレストとの類似性について、両者の対談記事をもとにふれたいと思います。彼は日本語訳もある『永遠の子供』がそうであるように、じつは津島さんと共通の、子をなくすという経験から小説を書いています。たがいに共通の体験のもと、どのように小説を書くべきなのかを考えていく。

小説という形を通してしか表現できないものを書くということがいわば共通の問題提起となるのですが、そこでフィリップ・フォレストは、単なるフィクションではだめだと、フランス語でいうと〈roman vrai〉、つまり「真実の小説」というような言い方をするんです。これは津島佑子も使うような言葉ですが、普通には理解できない、事象の核心にあることについて書くということになります。理解できないこととはすなわち、津島佑子の作品世界の中で繰り返しあらわれてくる精神障害や自尊心の崩壊、恋愛の不気味さといったテーマであり、底知れない不安を直視するということでもあり、また世間に対する嫌悪感、先ほどから様々な形で語られてきた違和というものですね。また、その違和を形づけるのには反復が必要となる——つまり同じテーマによって作品世界を構成していくわけですね。そのような、レエル（réel, 現実）なるものに迫るためにはどのようにして文を書くべきなのかというところへの関心が、フィリップ・フォレストと津島佑子との対談の中心にはあり、二人の作家の共通点ともとらえられる。

私のように中上健次などの翻訳に携わる者は、どうしてもテクストの表面、つまり技術的な側面への関心が強くなってしまうのですが、津島佑子を読んでいて気になる、ちょっと驚いてしまう要素というのも、やはりそうしたところにあります。

彼女の初期の作品は一人称小説、つまり語り手が「私」として登場する小説ですね。『光の領分』などの連作短編もそうですが、そこでは当然、話者としての「私」と、登場人物としての「私」という二つの「私」があるということになります。一方で他の作品、『山を走る女』といった長編や『逢魔物語』といった短編集でもそうですが、様々な名前を持った女性が登場する。それは多喜子であったり、律子であったり、リリィであったりするんですが、これらの名前は大半の場合、「私」という一人称に取り換えても文章上は差し支えないわけです。つまり、それらの主人公を視点主体とした書き方なのであって、視点を一人の人物のものとしてずっと語っていくのだけれど、これは大変なことで、主観をずっと維持していくには相当な技法が必要なわけです。というのも、同時に物語を展開していかなければならないからです。そこに潜む影という形で、物語を運んでいく話者、いわば「潜む話者」が当然見え隠れするわけです。

ただ、それをフランス語に翻訳していく過程である種の不具合が生じてしまう。津島佑子の多くの小説がそうなのですが、例えば多喜子であれば、「多喜子」しかないんですね。多喜子が「彼女」という人称になるということはまずないんです。ところがフランス語に訳していくと必然的に――英語でもそうなるのでしょうけれど――三人称代名詞を取り入れてくる。そうすると、高度な自由間接話法の文を組み立てない限り、ある種の客観性が導入されてしまい、もとの主観視点がどうしてもずれてしまい、少し異様な印象を与えてしまうところがある。フィリップ・フォレストもそうだと思うのですが、フランスの読者にとって、翻訳を通して浮上するそうした津島佑子の書き方は、本来の自伝的小説とはまったく異なる手法として受け止められたようです。

つまり、津島佑子の作品を翻訳していく際に、なかなか取り入れられない要素として、今言った「潜む話者」の声があるのです。その「声」がいかなる形で読者の受容に作用してきたのかを考えるために、津島佑子のテクストを読み改める時期に来ているようにも思えます。しかし、フランスに限って言うと、残念ながら翻訳の出版状況があまりよくない。リストからもわかるように、二十一世紀に入ってから出版社が積極的に日本の現代文学を紹介していく姿勢が衰えてきて、多くの作品が訳されていないままの状況なのです。今後、その状況が改善されることを期待します。私の話はこれくらいにしておきます。

ボーダッシュ　こんにちは、マイケル・ボーダッシュと申します。私も津島佑子の研究者でもないし、翻訳者でもないし、考えてみますと、もしかしたらこの部屋の中で最も津島佑子についての知識を持たない人間かもしれません。どうして私が今ここに座ってマイクを持っているのか、ちょっと不思議に思います。ですから、今までの自分の研究の成果を発表することはできません。そのかわりに、これからの研究の種を奪うためにここに参加させていただいているわけです（笑）。

川村先生と中上さんが、とてもおもしろい個人的な話をしてくださいました。私は一度、津島佑子先生にお目にかかったことがあります。それは一九九一年か九二年だったと思いますが、当時、私はコーネル大学の大学院生でした。そして、彼女はパリに行く途中だったか、またはパリから日本に帰る途中だったと思いますけれども、コーネル大学へ寄って講演をしてくださいました。どうしてパリと日本をニューヨーク経由で行き来していたのかちょっとわかりませんが、少数民族の文学についてのとてもおもしろい講演でした。

私が強く記憶しているのは、その講演のあとのことです。彼女はニューヨーク州のイサカという町に来ていました。現地の先生たちが何かしたいことがあるかと訊いたところ、彼女は「できればジャズを聞きたいです」と返事したそうです。私は昔から音楽が大好きですから、先生たちが私のところに来て、「津島先生がジャズを聞きたいそうですが、どこかいいところはあるでしょうか？」と訊きました。この会場の中でコーネル大学に行ったことがある人もいるかと思いますけれども、田舎の町です。ライブの一つもないんです。つまりジャズを聞く機会がこれほどないようなところはないと思います（笑）。もちろんその日もジャズのライブはぜんぜんありませんでした。それは私の一生のうちで唯一、彼女の役に立てるかもしれない機会でしたけれども、大失敗に終わりまして、何も役に立つことができませんでした（笑）。

今、レヴィ先生の発表で、フランスでの津島佑子の翻訳の歴史を聞いてとても関心を持ちました。こんなに多くの作品がフランス語に翻訳されているとは知りませんでした。アメリカをはじめ、英語圏の場合をちょっと説明させていただきますが、今まで彼女の翻訳は四冊しか出ていません。最初に出たのは長編小説『寵児』の英訳で、ジェラルディン・ハーコートという人の翻訳で一九八二年に出ました。ハーコートさんは今日、そちらにおいでいただいています。当時、日本の現代文学はほとんど翻訳されていない時期です。今は村上春樹のおかげか——彼のせいかどちらかわかりませんけれども——現代日本文学がよく英訳されていますが、八〇年代ではとてもめずらしいことでした。だから彼女はわりあいと早い時期から英語圏で紹介されていたと言えると思います。『寵児』が八二年に出て、六年後の一九八八年に *The Shooting Gallery and Other Stories* という英訳の短編集が出ました。たとえば「黙市」とか、「菊虫」、「射的」など、おもに一九七〇年代に日本で出版されていた短編小説の英訳集です。その翻訳者は『寵児』と同じくジェラルディン・ハーコートさんでした。そしてさらに三年後、一九九一年に『山を走る女』の英訳が出ました。これもハーコートさんの翻訳です。私は一度もお目にかかったことがなかった方ですが、すばらしい翻訳者で、今日お見えなので、拍手でお迎えしたいと思います（拍手）。ハーコート先生がいなければ、津島佑子の作品はこれほど英語圏には紹介されていなかったと思います。

ですから、一九八二年から九一年の九年間に三冊も出たということは、当時、八〇年代末から九〇年代に入ったところまでの間ですが、とてもめずらしいことだったと思います。でも、そのあとは二〇一一年まで英訳されなかったわけです。二十年間のブランクがありました。そこで、二〇一一年にデニス・ウォシュバーンという学者によって『笑いオオカミ』の英訳が出版されました。ですから、今まで四冊しか英語の翻訳は出ていません。フランス語で出ている数多い翻訳作品のリストを見ると、アメリカ人としてちょっと恥ずかしく思いましたし、びっくりしました。でもそれが現在の状況です。数は少ないですが、一流の翻訳者の手によるもので、英語で楽しく読める文体になっています。すばらしい翻訳なんですけれども、数がちょっと足りないという現状があります。

私は昨日まで、フェリス女学院大学で三日間行われた「夏目漱石と世界文学」というテーマの国際会議に参加してきました。ですからこの二、三カ月は漱石の作品を読んできましたし、また今日を意識して津島佑子の作品も少しずつ読んできました。いつものことですが、二人の作家を同時並行で読むとそこに共通点を発見する傾向が私にはあるんですね。だから津島佑子の小説を読むと、漱石との共通点をいくつか発見したという気がどうしてもします。ちなみに津島佑子もかなり漱石に関心を持っていたようで、たとえば一九九四年、「漱石研究」という雑誌で、小森陽一と石原千秋と一緒に座談会に出ています。

たとえばこの間、『寵児』という長編を読みましたが、その結末の部分、女主人公がきたない結婚の話から逃げて町に出る場面があります。町に出るときに周りの世界がちょっと変になって、全部赤く見えてきます。それを読んだとき、どうしても漱石の『それから』の結末を思い出さざるを得ませんでした。それから、今朝の鹿島田先生の基調講演の中にも出てきましたが、津島佑子の小説には夢の場面がよく出てきますね。彼女の作品に夢の場面が出てくると、漱石の『夢十夜』という作品をどうしても思い出します。

でも、今日のラウンドテーブルのテーマになっている「世界文学」という視点から津島佑子の作品を考えると、漱石との共通点よりは、たぶん漱石との違いのほうが大切になるのではないかと思います。

これはまだ和訳されていないようですが、数年前にアメリカの政治学者（私の知人ですけれども）、マイケル・チウェという人が『ジェーン・オースティン　ゲーム理論家』（Michael Suk-Young Chwe, *Jane Austen, Game Theorist*）という本を出しました。アメリカではかなり話題になった本です。漱石も愛読した十九世紀イギリスの小説家ジェーン・オースティンの小説を、ゲーム理論の立場から分析するという作品です。ジェーン・オースティンの小説にはそれぞれ結婚をめぐるプロットがありますね。そこに出てくる人物は誰もがある意味でゲームに参加していて、既存のルールを利用して誰が勝つかということを競って、最後に結婚する人はそのゲームで勝ったことになる、という構造を持っている小説だと言うわけです。

そういうゲーム理論の立場から小説を分析するということに対して、私はいくらか疑問を持っていますが、考えてみますと、それは漱石の小説にあてはめることができると思います。ある意味で、夏目漱石の小説はみなゲームです。全部がそうではないんですけれども、やはり結婚をめぐるプロットに従って、そこに出てくる人物はみな競争して、誰が勝つかというところで小説の物語が生まれます。

実際、チェスでもトランプでも何でもいいですが、ゲームというものは始める前からルールがわかっています。つまり、どうすれば勝てるのかも最初からわかっています。どんな展開が出てくるか最初から大体想像できます。だから結婚というゲームをやっているときにも、どういう物語が出てくるか、どういう人物が出てくるかもわかりますし、その物語の結末はどんなところに行くかということも最初からわかります。ゲームにはそういう構造があるわけです。その構造の中にはヴァリエーションがたくさんありますし、漱石の小説でもヴァリエーションがとてもおもしろい形で出てきます。さらにルールがあると、ルールの違反ということも可能になります。ルール違反の状況から違う種類の物語が出てくる可能性もあります。だから、ゲーム理論で考えた場合に小説の可能性が狭くなるということは、かならずしもないのではないかと思います。特に漱石の小説を考えてみますと、ゲーム理論で分析することは充分に可能であるのではないかと思うようになってきました。

しかし津島佑子の作品は違うと思います。彼女の作品はゲーム理論ではうまく分析できないと思います。そこに出てくる人物と語り手は、まだルールがわかっていないような気がします。勝つということが何であるかということが最初からわからないんです。だから、「彼女の小説はゲームである」と考えるときには、「ルールがまだ誰にもわからないようなゲームだ」と言うしかないと思います。彼女の作品に出てくる人物と語り手はみな、ルールを作りながらゲームをやっていると言えるでしょう。

漱石の小説を見ると、だいたい、二人の男性と一人の女性がいて、その二人の男性が競争して、どちらがその女性を手に入れるか、という物語になります。一方、今日の発表で何回も出てきましたが、津島佑子の小説に出てくるのは、普通の家族ではないんです。違う形の家族が出てきますね。たとえば『寵児』では、女主人公が、「二人では、どうしても、家族と呼べる形を作り出すことができない」と考えている場面があります。彼女によると、家族になるためには三人が必要だと考えています。彼女が想定している家族は、母親と子供二人の三人です。そういう形が家族だと。でもそれだけではない違う形でも家族を作ることができます。だから、漱石の小説はゲーム理論で分析するとおもしろい発見があると思いますが、同じやり方で津島佑子の小説を分析すると、あまりその小説の意義を発見できないと思います。これは漱石と津島佑子の違いの一つだと思います。

これを世界文学の問題として考えると、日本ではどれほど紹介されているかわかりませんが、世界文学を社会学的なゲーム理論の立場から分析する研究は、最近アメリカでもヨーロッパでも増えています。たとえばパスカル・カザノヴァの『世界文学空間』という本があります。それらは「世界文学」という構造を前提にして、それをゲームとして解釈するんですね。ゲームですからルールがあって、そのルールのもとで、参加者の作家たちはみな競争して、点数を自分のところに入れて、そして最後に勝つ者が出てきます。その勝つ者は誰かというと、ノーベル賞受賞者でしょう（笑）。こういう形で世界文学を一つのゲームとして考えるときに、ある意味で漱石はとてもいい選手になるんじゃないかと思います。彼はその中でうまく競争できると思いますが、やはり津島佑子の場合は違うのではないか。彼女の作品を世界文学の作品として考えると、ゲーム理論で分析できない世界文学とは何であるか想像するときに、とてもよい資料になるのではないかと思います。これは彼女の、たとえば少数民族の文学やマイナー文学への関心と深い関係があると思います。

ですから、津島佑子の作品を世界文学として考えるときに、まずメジャー言語、たとえばフランス語や英語に翻訳されていることは特別大切ではないだろうと思います。それよりも、たとえばマイナー言語に作品が翻訳されてくると、もうちょっとおもしろい世界文学が生まれてくるのではないかと思います。だから、彼女の文学に出てくるマイナーな存在、マージナルな存在が、世界文学の中でマージナル化されている言語で翻訳されると、今まで存在したことがないような世界文学が生まれるかもしれません。それもたぶん、漱石の場合とはちょっと違う文学です。

津島佑子の研究を何もしていない私からの発言はそれぐらいにしたいと思います。ありがとうございます。

川村　期せずして世界文学とは何かという若干の結論が出たのでここでおしまい、というわけにはいきませんね（笑）。

今のお話を聞いて、私もちょっとしゃべらなければいけないですね。私は専門ではないんですが、中国と韓国で津島さんの本がどういうふうに翻訳されているかということを、私の知っている限りにおいてお話ししますと、はっきり言うと翻訳の点数は多くないと思います。中上紀さんがおっしゃったように、北京で日中の女性作家会議をやったとき、中国と日本の女性作家の作品をおたがいの言語で翻訳して出すことになり、『笑いオオカミ』を中国で翻訳して出しました。それから韓国でも日韓の作家会議をやったんですが、そのときには、津島さんの「私」という作品が『私』という作品集として、尹相仁《ユン・サンイン》さんというソウル大学の日本文学の先生が翻訳をして出たということを知っております。それから先ほど呉先生に紹介していただいたように、台湾では『あまりに野蛮な』が出ております。

それ以外の作品もいくつか出ているそうですが、差し当たり最近というか、今、韓国や中国や台湾の本屋さんで見られ、読まれている本はほとんどないと思います。中国や韓国では太宰治はけっこう人気があって、ずっと昔から翻訳が出ているんですが、これは私の偏見かもしれませんが、津島さんが中国や韓国に行ったときにも太宰治の娘だという話題性だけで、ジャーナリズムは津島さん自身の作品の文学性にはあまり関心を持っていないように思いました。

そういうわけで、津島さんの作品をきちっと翻訳して出すというのは少数ですし、そのあと村上春樹さんが出てきたために日本文学全体が村上文学の影に隠れてしまったということもふくめて、中国、韓国で津島さんの翻訳があまり出ていないということがあると思います。

もう一つもっと本質的な問題として、今までの発表者の皆さんがおっしゃったように、やはり津島さんにはマイノリティへの関心が強い。つまり、いわゆる国民文学とか民族文学とか、その集大成としての世界文学とか、そういったマジョリティではない、むしろそれとは逆向きのマイノリティのマイナーな文学というもの、あるいは文字化されていない、アイヌのユーカラのようなオーラルな口承文芸、そういうものに対する関心が津島さんの中では強いし、津島さんの文学世界の基底にもそういうものがあって、これは中国とか韓国の文学のメインの流れとは逆行するものだと思います。中国の文学や韓国の文学を簡単にナショナリズムの文学だと言うつもりはないんですが、下手をするとかなり国民文学的、国粋主義的な文学――日本の現代文学にも一部にそういう面がありますが――、そういうメインの大きい流れとは逆行するような本質を持っているのではないかと思います。

津島さんの翻訳した本は私も何冊かいただいたんですが、ガリマール社から出ている、津島さんたちが協力してやったフランス語のユーカラ――これは私の書棚で宝の持ち腐れになっていますが。それと先ほど呉先生が紹介していただいた「INK 印刻文學生活誌」という津島佑子特集の雑誌がありますね。これは漢字ですからなんとなく内容がわかるんですけれども、私が書いた簡単な津島論も載っています。それから、エジプトで出ていたアラビア語の冊子があったんですが、これは津島さんの本の写真が載っていて津島さんのことを書いてあるんですが、その中に私の名前もあって、私の書いた紹介の文章がどうもアラビア語になっているらしいんですけれども、それもあります。他にも、『あまりに野蛮な』や『笑いオオカミ』の台湾で出たものもあるんですけど、まったく読めない形で私の書棚の隅にあります。まあそれはともかくとしても、津島さんの文学はヨーロッパ文化圏のような大きな流れの外でも、さまざまな形で紹介されている。

世界文学ということではなくて、乱暴な言い方をすると、津島さんの作品や文学世界というのは、世界文学に吸収されていく文学ではないものを目指していたんだと思います。だから津島佑子さんがノーベル文学賞を取ったら、断るんじゃないだろうかなというふうに期待していたんです。じゃあ、その代わりに賞金は私に少しください、というふうなことも考えるんですけれども(笑)。やはり、そういうところには向いていかないところに津島さんの文学の本質があると思うんです。これはマイノリティ言語のものでもなしに、精神そのものがマイノリティというか、それに寄り添っている文学ということです。ですから、世界文学という言い方には馴染まないような、そういう文学がむしろ世界文学になるべきだろうと私は思っています。

中上 では、私も。ボーダッシュ先生のルールというお話に私も共感しました。ルールって男性社会が作った枠組みだと思うんですね。そこに津島さんの文学や津島さんご自身が当てはまらないというか、そもそも最初からそれとは次元が違う世界を描いている作家だったので、ルールなんてぜんぜん気にしていなかったと思います。

中上健次が彼の文学の中に「路地」を作ったように、津島さんは母系社会の母性の視点で虐げられた人々であるとか、世界中の虐げられた人々の叫びとか、そういったものを文学に編みこんだ作家だったと思うんです。そこにルールなんか存在していたら、あのような作品世界を作ることはおそらく不可能だったと思います。

レヴィ　大雑把に言えば世界文学の流れに逆行する、逆流する位置づけというのは私は賛成なんですけれども、その世界文学をどう定義すればいいのか、よくわからないところがあります。先ほどボーダッシュさんがおっしゃった通り、津島作品にゲーム理論などは適用できないだろうと思うんですが、一つ言えるのは、それぞれの作品で「賭け」のようなものが津島佑子にはあるわけですね。だいたい同じ要素、同じ主題を使いながら、名前や状況を変えたりしてもう一度書くという。そのときに何らかの賭けがあると思うんですね。そしてその賭けに突き進んで書いていくその姿、その痕跡がある。

それから言語の問題で言うと、津島佑子の文章はマイナーな言語によるものであって既存の外国語にうまく訳されない、それはそのとおりだと思います。でも、それはなぜかというと、もともと津島佑子の作品世界が、ある種のマイノリティ的な言語である日本語によって展開されているためかもしれません。そういった側面に目をつけていけば、よりおもしろい受容が生まれてくるのではないか。そういうふうにも思います。

ボーダッシュ　今朝の基調講演にもお話が出ましたけれども、やはり彼女の小説は、夢という問題と深い関係があるのではないかと思います。夢はそれだけで一つの物語という感じを持つんですが、ルールがないんですね。ですから、現実と夢との関係は彼女の文学における基本的な問題だと思います。

レヴィ　その関連で気になったのが、短編集『逢魔物語』のあとがきに、昔からおばけの話を書きたかったと書いていますね。でもそれは結局、伏姫で、おばけなんかまったく出てこないんですよね。出てこないんだけれども、とにかく怖い場面を引き出したいという意図で書かれた作品なんです。そこから敷衍して他の作品を読んでいくと、『山を走る女』もそうだと思いますが、ところどころに非常に不可思議な場面があるんです。読んでいて突然、ここはどこなんだろうと思ってしまうような、どこにも位置づけられない場面を小説世界の中に引き出してくる。初期の『光の領分』の中でも、日常のある領域がいきなり夢の言説と直接に触れあっていくようなところがあります。そういう非常に奇妙な書き方ができる人なんだなと驚きました。

ボーダッシュ　話は変わるんですが、川村先生にちょっとおたずねしたいことがあります。津島佑子本人が食べることが大好きだったという話ですが、それは小説に出てくるんでしょうか？そういう個人的な好みが何かの形で小説の中に出てくるでしょうか？

川村　津島さんはあまりグルメとかそういう感じではなくて、私が気になったのは、『ジャッカ・

ドフニ』で網走へ行くんです。私は網走出身で、それで非常に共鳴しているんですけれども、北海道に行ってラーメンばっかり食べてるんですね（笑）。ラーメンという言葉が三回ぐらい出てきて、北海道に行ってラーメンしか食べてないのか、なんていう貧しい食生活だなんて（笑）。若い学生のときはしようがないけれども、娘さんと息子さんを連れてラーメンはないだろうよというふうに思ったことがあります。

ですから、食べることは好きだし、貪欲と言ったらおかしいんですけど、……あっ、一緒に積丹《しゃこたん》に行ったときはウニ丼を食べました（笑）。ただ、作品にはウニ丼を食べたとは書いていなくて、ラーメンしかおぼえてないんです。あとは羊を食べたのは書いてますけれども。ただ、『笑いオオカミ』などがそうですが、津島さんは、食べること、眠ること、排泄すること、体を洗うこと、そういった日常の瑣末な行為や行動に対して、こんなことまで小説に書くのかと思うぐらいお書きになってますよね。そうした日常生活の基本的なことをとても大事にしている。グルメ小説みたいなことは一切ないんですが、生きることと食べること、眠ることもふくめて、すべてそういうことを書くことにつなげているという部分はあると思います。

井上　ありがとうございます。「ルール」という話題が出ましたが、ちょっとご披露したい話を今思い出しました。今回の企画に際して、津島さんが英文科の一期生ということもあり、中学以来の同期の方々のお話をうかがいまして、その方が最初におっしゃったのは、津島さんはルールを守らなかったと（笑）。白百合女子大学ではそのころ制服や着衣の色も決まっていたんですが、津島さんは着てきてはいけないようなセーターを着てくるといったお話を聞きまして、先ほどの話とつながるなと思ったんですね。

もう一つ、ナショナリズムに対する抵抗ということですが、やはり同期の方がおっしゃっていました。前の東京オリンピックのときに、津島さんがこれを批判する文章を文集に書いた。他の学生さんはそんなこと何も考えていないのに、東京オリンピックを批判するなんていう、ちょうど今日に通ずるようなことも書かれていたというんですね。

まだまだ話題は尽きないですが、時間も来てしまいましたので、ひとまずこのセッションはおしまいにしたいと思います。どうもありがとうございました。（拍手）

第四章

津島文学の投げかけるもの

二つの遺作をめぐって

菅野昭正

見渡したところ私は数少ない、戦前の生まれのように思えます。ほとんどの方が戦後のお生まれでしょうから、世代が違うので、津島さんの小説を私はずっと読んではきましたが、読み違えなどいろいろあるかもしれない。そういうわけで、何かお気づきになったら、どうぞ遠慮なくご指摘ください。

津島さんと白百合女子大学の関係ということをよく知っているわけではありませんが、まず津島さんからうかがった二、三のことを申し上げます。津島さんはこの大学の二年生ぐらいのときから小説を書くことを志されていました。そのときに、この学校の修道女で、フィリピン出身のフィロメーヌさんという方がいらしたんだそうですが、そのフィロメーヌさんが、津島さんが小説を書くことについて激励をされた。フィロメーヌさんからいただいた宿題が今でもたくさん残っているということを、五年ぐらい前になりますか、お会いしたときにおっしゃっていたのを覚えています。

それから、三、四年生のときにアメリカ文学研究会というものを組織したそうです。ポオについての論文を書かれて、学園祭の懸賞論文に投稿したところ一等賞になった。そのことをうかがって、「自信がつきましたか」とお尋ねしたところ、「ちょっとつきました」とおっしゃっていました。それが活字になった、記念すべき最初の文章ということでした。そんなことを思いだします。

さて、時間が限られていますので、概略にとどまると思いますが、津島さんの小説を私がどう読んだかということについて、お話ししたいと思います。

津島さんは小説家として早熟な方でした。二十代前半から、小説家として認められていたはずです。最初、私は、出自というのでしょうか、お父様がどなただったかということは知らずに読んでいました。そのうちに、この作家は家族や家系のことをたいへん大事にする作家であり、家族や家系の問題を創作の中心の主題にしているらしいということに気がつきました。それは出発のときから最後までずっと変らなかったと思います。

ここで大事なことがひとつあります。津島さんは自伝的な要素に則って書いてはいますが、かといって事実というわけではないんですね。かならずしも自身の家族や家系に関する事実をそのまま書いているわけではない。ところが、日本のような私小説的な風土の色濃いところでは、多くの読者に事実として受けとられやすいという状況があります。それは津島さんの小説を読むときに、とくに注意しないといけないことだと思います。実際には、家庭、家系のことなども、たいへんヴァリエーションをつけて書いている。たとえば、お父様のことは本当に書きにくかったと思いますが、ずっと後年、『笑いオオカミ』では画家として出てきます。ちらっと出てくるんですね。それから最後の作となった『狩りの時代』では、お父様が出版社勤めということになっていて、これも創作されているわけですね。このようにかなり変化をほどこして書いておられる。そのあたりのことに十分に注意しないといけないと思います。

文学批評の用語でしばしば「特権的」という言葉が使われます。特権的な主題、つまり、特別な役割を持った主題、特権的な人物、つまりとくに重要な存在である人物といった具合です。津島さんの場合、ダウン症のお兄さん、それから浴室の事故によって八歳で亡くなった息子さんが、それに当たります。家族・家系のことを書いた津島さんの小説のなかには、こうした人物が繰りかえし出てきます。そのたびにいろいろ工夫をして、新しい変化で装って、小説をふくらます努力をしておられたのは、言うまでもありません。そのあたりに注意するのが、津島さんの小説を読む場合に、たいへん大事な指針のひとつになるのではないでしょうか。

また、初期の段階で私が気づいたのは、この人はフォークナーの小説をよく読んでいるのではないかということでした。フォークナーはアメリカで一九三〇年ごろからたいへんよく読まれていた。さきほど「世界文学」についていろいろ話題になっていましたが、二十世紀の世界文学では、とくに小説の場合、人間の内面の奥底にうごめく深層心理、無意識などという厄介な問題がしだいに重要視されるようになってきたものですから、そういった領域を探求し、こまかく書きわけることが小説の重要な部分を占めるようになった。フォークナーはそういった深層心理、夢の世界、人間の根源的な想像力の問題などに、大胆に深入りして成果をあげた代表的な存在でした。第二次世界大戦直後のフランスに、『アメリカ小説の時代』という本を書いたクロード＝エドモンド・マニーという女性批評家がいました。フランスのような文学的な中華思想の強烈な国で、このようなタイトルの本を書いて評価されたということは、当時アメリカ小説が大いに注目を集めていたという事実の鮮明な証拠だと思うんですね。

ただ、日本では戦時中の混乱や停滞もあり、フォークナーの受容はだいぶ遅れて、一九五〇年ぐらいから一般化しました。「これはフォークナーの影響があるな」と思わせる作品が多数出てきたのですが、そのなかで代表的なのは井上光晴さんなどでした。井上さんの作品は、露骨にとまでは言えないかもしれないけれど、フォークナーの作品世界の土俗的ともいえそうな部分に学んだところが多かったようでした。そういえば、あの頃、フォークナーを盗作した女性作家のスキャンダルなどもありました。

津島さんの場合は年齢的に後になりますから、フォークナーの影響があらわな作家のなかでは、最後のほうの部類に属することになります。しかし私の当時の感じでは、津島さんの作品にとってフォークナーの影響は本質的だったように見えました。フォークナーの作品は、もうすこし付けくわえていえば、たとえば過去と現在が交錯して時間構成が複雑になるとか、語り手が突然転換するとか、それがとても読みにくかったりすることもあるけれど、それで小説の世界が深くなり重層化することもある。それからまた、意識の流れ、無意識、深層心理までふくめて、意識の動きを整理しないで、流動するままに書いてゆく方法もしきりに活用されました。そういうところから、津島さんはいろいろ学ばれ、それを非常に大事に使われた。ひとつめざましい例として、『寵児』が思いだされます。『寵児』には精神的に障害をもつお兄さんが登場するわけですが、フォークナーの『響きと怒り』に負うところが大きい。『響きと怒り』にベンジーという障害者が出てきますが、その内的独白を津島さんは参考にしているのですね。

影響というのは難しい問題ですが、その作家自体にもともと資質がなければ影響を受けにくいと思うんですね。たとえば、漱石の影響を受けた、あるいはプルーストの影響を受けた、フォークナーの影響を受けたといっても、その作家自身にフォークナーならフォークナーに近い資質、あるいは考えかた、感じかたが備わっていなければ、その作家の血肉を本当の意味では作品のなかに取りこむことはできない。それが本当の影響ということであり、ただお手本としてなぞってみても、影響を受けたことにはならない。模倣と影響は違うということを当時感じましたが、そういう意味で津島さんはフォークナーの影響を断片的とはいえ、本質的に受けた作家だと思っています。

津島さんの文学の世界の大きな枠組みは、さきほどから繰りかえすとおり、家族・家系の問題で、それは最後まで持続します。たとえば最後の『狩りの時代』でも、母方と父方の両方の家系をめぐってたくさんの人物が出てきます。その関係をたどるのはなかなか難しいのですが、最後まで家族・家系という主題を手放さずに深めていったということをもう一度強調しておきたいと思います。

もうひとつ大事なのは、少数民族の問題です。これも津島さんから直接おうかがいしたことですが、津島さんの家系にはギリヤークの血が流れているという言いつたえがあったそうです。もっとも、ご本人はあまり信用できないとおっしゃっていましたが。ただ、津島家はもともと北海道のご出身だそうで、函館にツシマという苗字が多いそうですね。ただし字は「対馬」と書くそうです。北海道にツシマ姓が多く、自分のルーツとして北海道は無視できないという話でした。

北方民族に関係があるという来歴も、津島さんのなかでゆるがせにできない文学的な問題として持続することになったのには、そんな背景があったのかもしれません。

ギリヤークというのは、満州族などと同じツングース語族に属するんでしょうか。完結した作品としては最後となった『ジャッカ・ドフニ』には、ギリヤークと同じ少数民族で、今はもう百人台になってしまったといわれるウィルタという民族に属する人物が出てきます。樺太育ちで戦争中に日本軍に徴用され、戦後シベリアに抑留されたあと、北海道で暮らしたという人物です。彼が網走にウィルタの資料館を作って、そこを津島さんが訪ねた経緯が、小説の枠組みのひとつになっている。ちなみに、津島さんは一九八五年に「ジャッカ・ドフニ――夏の家」という短編を書かれていることも、ここで思いだしておく必要があります。ウィルタ族や少数民族に対する関心は、その頃からもう津島さんのなかに深く根づいていたということが分かるわけですから。『ジャッカ・ドフニ』という作品は二つの系列の話からなっていて、ひとつは津島さんご自身の北海道旅行の経験ですが、それが三つの時期に分かれて出てきます。もう一方は、こちらのほうが分量としてずっと大部ですが、十七世紀日本のキリシタン弾圧の話です。一六一二年に江戸幕府の禁教令が出る、それから一六三七~三八年に島原の乱が起こりますが、ご承知のとおり、その間の二十五年間がキリシタン弾圧のもっとも厳しかった時代です。本の目次には「一六二〇年前後」となっていますが、その部分がこの時代の隠れキリシタンの苦難の話に当てられます。

そこに登場するチカという女性——アイヌの言葉で「チカップ」というのは鳥のことだそうですが、これはその愛称です——彼女の五歳ぐらいのときから亡くなるまでの生涯の物語が、「一六二〇年前後」の大筋を占める構成になっています。チカというこの女の子は母親がアイヌの人、父親が日本人だけれど、二人とも早くに亡くなって、五歳ぐらいのときから孤児となり、隠れキリシタンの神父たちに育てられる。蝦夷《えぞ》地つまり北海道で育ち、隠れキリシタンのひとりとして各地に移り住むことになります。津軽で過ごしたり、あるいは秋田で過ごしたり、それから長崎へ渡って、さらにマカオへ移る。当時のマカオはポルトガルの植民地で、日本もふくめた東南アジアで宣教師たちが行っていたキリスト教の布教の本拠でもあり、自由貿易の根拠地でもありました。マカオへ移ったときのチカは九歳ぐらいということになっています。

もう一人、ジュリアンという男の子が出てきます。これは日本人で、江戸の富裕な商人の子供だけれども、両親は隠れキリシタンで東北へ逃れてきて、そこで彼はチカと出会います。最初に会ったときに、チカが五歳ぐらい、ジュリアンが九歳ぐらいという設定になっていますが、二人はとても親しくなり、マカオへ一緒に行って数年暮らします。チカちゃんは大きな染物屋の二階に住んで、洗濯女としての生活をはじめる。ジュリアンのほうは神学校に通い、いずれはパードレ（神父）として日本へもどって宣教する計画を立てて一生懸命勉強する。ところが、マカオは植民地とはいえ、政治的には中国（小説ではシナとなっています）が管轄しており、その総督からマカオの日本人は退去せよという布告が出されます。そこでチカはやむなくバタビア（ジャカルタ）に移って、そこでイタリア人の父と日本人の母の間の子供で、船大工をしている人物と結婚して、二人の子供ができる。二人とも男の子ですが、彼らが十歳と九歳になった頃、オランダの東インド会社（小説のなかではコンパニーという名称で出てきます）が日本の北海道を探検する船を出すというので、子供たちはそれに乗って北海道へ渡り、そのまま帰ってこない。生死の消息も不明のままです。他方、ジュリアンのほうも、チカがバタビアに移ったときに別のところへ移るので、そちらもそのまま音信が途切れます。

第二部はそこで終わり、第三部はチカがバタビアに移ってからジュリアンに宛てた手紙という形になります。彼の行き先が不明なので、手紙が届くかどうかわからないが、それでも書きつづける。さきほどの二人の息子が北海道へ行ったという一件も、そういう手紙のなかに書かれていることを言いそえておきます。津島さんの小説には、手紙の形式がかなりの数ありますが、これは手紙を有効に活用した一例です。

それからもうひとつここで申しあげておきたいのですが、ダウン症のお兄さんも、あるいは浴室で亡くなったお子さんも、お二人とも死者ですけれども、津島さんの小説では——もちろん文学的な架構のレベルとしてですが——こうした死者が生きた実在の存在として扱われているのではないか。それが津島さんの小説を読むときのひとつの大事な要件ではないか、と私は思います。

『ジャッカ・ドフニ』の最後の手紙にしても、ジュリアンというのはどこにいるかまったくわからないし、亡くなっているかもしれない。その不在の人物に宛てて、チカは手紙を書くわけですね。ですから、死者、あるいはまったく不在の音信のない人間との魂の交流、あるいは意識の相互発信や相互受信、津島さんはそういう面にふかく注目して、小説の領域を広げる工夫をする作家でした。

この『ジャッカ・ドフニ』で津島さんが意識しておられた中枢の問題は、差別ということです。少数民族が国家から差別される、あるいは、信教の自由のない江戸時代の幕府、つまり日本の政治体制から、キリシタンたちが差別されて苦痛の生涯を送らなければならない。津島さんの小説はむろん暗黒の小説ではありませんけれども、人間の生きる苦痛や悲しみに、非常に重要な意味あいを持たせるという特徴があります。チカをはじめ、『ジャッカ・ドフニ』の隠れキリシタンの生涯にしても、要するに苦痛の生涯であり、悲しみの生涯であると言うことができます。

それと関連しますが、津島さんの文学のキーワードとして、「光」という言葉が、たいへん重要な役割をもっていることに思いあたります。小説の題名を見ても、『夜の光に追われて』とか『光の領分』、あるいは光そのものではないにしても、明るい光をほのめかす『風よ、空駆ける風よ』という題をつけておられる。暗い生涯を題材にする一方、そこから脱出して光を求める真剣な願いを心の奥底にいつも秘めている人物を、描きだそうとされてきたのではないか。そういう光を求めずにいられない悲痛さや暗さをもたらす重荷として、差別の問題と取りくむことになったのだろうと推量したいところです。

最後の作品『狩りの時代』は未完ではありますが、十中八九は出来あがっていて、あと若干の手直しをすれば完成というところまで来ていたと推測されます。さきほど申し上げたように、この小説は父方と母方両方の家系の物語です。その複雑さはともかくとして、ひとつだけこういうことを申し上げておきたいと思います。

津島さんのお母さんにあたる方には兄弟が多いんですね。その兄弟の若いほうの男の子が二人と——創と達という名前になっていますが——それからもう一人ヒロミという女の子、この三人が一九三八年（昭和十三年）、日本に来ていたヒトラー・ユーゲントを見に行く箇所があります。私はそのとき小学校三年生、ニュース映画で見たり、新聞や雑誌で写真を見たりして、ヒトラー・ユーゲントが来日したことはもちろん知っています。その前年に日独伊三国防共協定という同盟ができ、その同盟を締結した記念としてヒトラー・ユーゲントが日本へ派遣された。私の知識はうろ覚えなところがあるかもしれませんが、ナチス・ドイツでは、十五歳から十八歳までの青少年組織が作られて、そのなかの優秀な分子がヒトラー・ユーゲントに選ばれる。つまり、組織のなかのエリートが日本へ代表として来たわけで、なにしろ外見はすごく恰好いいわけですので評判になり、大変な人気でした。まるで後年ビートルズが来たときのように、新聞雑誌が大騒ぎでした（笑）。小説のなかでは、三人の子供たちがそれを甲府の駅に見物に行ったことになっています。『狩りの時代』は津島さんご本人を中心人物としていますから、ヒトラー・ユーゲントを見に行ったのは叔父さん・叔母さんにあたる人たちです。その方々が後年になって、そういった颯爽とした恰好よさの裏側に、ナチスの残酷な人種差別があったことを知って、一種のトラウマのように後悔の念に悩まされるという話になります。

余計なことですけども、ヒトラー・ユーゲントの外見は、本当に凛々《りり》しい見事なものだったらしい。フランスにロベール・ブラジヤックという、第二次大戦中、対独協力した廉《かど》で、戦後死刑になった右翼作家がいました。一九三〇年代、小説や映画批評を書いて活躍していましたが、三三年ごろ、ナチスが政権をとったあとドイツに招待されて、ヒトラー・ユーゲントの歓迎を受ける。そして彼らの美少年ぶりに感動して、ドイツびいきの右翼になったという話があるくらいです。ヒトラー・ユーゲントといえば、規律の整った美しさが売物ですが、フランス人などラテン系の民族にはそれがあまり根づいていないから、異質の美と感じられたということなのでしょう。『狩りの時代』では、ダウン症のお兄さんが耕一郎という名前で出てきます。コウちゃんと呼ばれていますが、たいへん優しい性質の少年なんですね。ところが、耕一郎さんはダウン症であるがために差別を受ける。ダウン症の障害を持った人にたいする差別が、ユダヤ人にたいする人種的差別とつながって、ヒトラー・ユーゲントに興奮した自分たちの戦争経験に、大きな過誤があったことを反省する場面が出てきますが、差別の問題と戦争をつなげたのは、効果的な工夫になっていることを強調したいところです。

差別の問題に関連して、もうひとつご紹介しておきたいことがあります。『ジャッカ・ドフニ』に出てくる、半分アイヌで、半分日本人のチカという少女ですが、彼女は文字も読めない、宗教についての知識も豊富でない、ただ、マリア様への信仰を深く持っているだけですが、その人物が「自分はアイヌだけれども、アイヌとして誇りを持っている。アイヌは独立した人格を持った人間だ」ときっぱり言う場面があります。これはとても印象的な場面です。差別を受ける側は差別されながらも、人格的な誇りを持って生きている。それは津島さんとしても、特別な思いをこめて書いた一節と読むべきではないでしょうか。

話が前後しますが、津島さんがキリシタンのことを書かれたのは『ジャッカ・ドフニ』がはじめてのはずです。

日本では戦後に限っても、かなりの数のキリシタン小説が書かれています。一番よく知られているのは遠藤周作さん。ここで批評をするつもりではありませんが、遠藤さんの小説を読んでいてちょっと気になることがあります。たとえば『沈黙』では、拷問を受け、踏み絵をさせられ棄教する司祭がいます。人間というのは弱いものだから棄教も止むを得ない。そういう人間の弱さを前面に出すことによって、読者の共感をひく恰好になっている面があるような感じがします。一方また、フィリピンへ追放されたキリシタン大名の高山右近を主人公にした加賀乙彦さんの小説では、「堅信」というのですか、堅くて揺るぎのない信仰が強調され、信仰に不安を持ったり疑いを抱いたりという面はあまり見あたらない。なにか一面的だという印象を受けます。要するに、二つの小説は両極端と思えてならないのですが……。

津島さんが書いた『ジャッカ・ドフニ』のキリシタン信徒は、表立って信仰とは何かと問いつめたりしませんけれども、心の奥底で強い信仰を持ちつづける。そこが特異なところだと思います。

また話が前後して申しわけありませんが、津島さんの生涯の二つの主題――家族・家系の問題、それと差別の問題――その二つの問題が次第に熟成していって、『ジャッカ・ドフニ』と『狩りの時代』においては、渾然と溶けあい、統合されるようになったと言うことができます。

話題がすこし変りますが、一九三〇年代（昭和初年代）の日本で、マルクス主義文学（プロレタリア文学）の影響力が盛んであった時代に、「目的成長性」と「自然成長性」ということが対照的な概念として、しきりに唱えられていたそうです。目的成長性というのは、革命の文学という理想、つまりマルクス主義的な意味で理想主義的な文学を目標に立てて、それに向かって努力・成長していく作家の生きかた、あるいは作品のありかたを重要視する思想ということになるでしょうか。それに対して、自然成長性というのは、遠い理想を掲げるのでなく、当面の緊急のテーマと真剣に取りくんで、それを主題として作品を生産し、その段階を終えたら、次はまた別の主題を扱って作家として成長していくことを第一義とする考えかたです。いいかえれば、最初に何か目標を設定するのではなく、自然に成長していって、そして最終的に革命の文学にたどり着く、そういう文学のありかたのことです。

けれども、それは何もマルクス主義文学だけに当てはまるのではなくて、大雑把な言いかたになりますが、ひろく一般的に通用する区分だとも言えると思うんですね。私はフランス文学を勉強しましたが、はじめから目的を定めていたわけではなく、家にあったポール・ヴァレリーの本なんていうのをたまたま読んだがために、なんとなくフランス文学に関心を持つようになり、だんだんそっちのほうに深入りして後悔したこともありましたけれども（笑）。それが自然の成りゆきというわけでした。一方で、フランス文学ならフランス文学をやろうと、最初から確固たる目的を立てて成長していく人もいる。現にそういう友人もいます。そういうふうに、いろいろな分野で、この二つの生きかたのヴァリエーションがあると思います。

津島さんは、二つの主題をだんだん成長させていく道をたどりましたが、最初はごく自然にその二つの主題に出会ったのだと思います。家族のこと、家系のことという題材がまずあった。ダウン症のお兄さんがいた。あるいはお父さんが早く亡くなって、二人の娘と体の不自由な子供を抱えたお母さんがいて、母性の問題を考えさせられた。そうしてできたのが『光の領分』という小説ではないか。自然に取りくんだそういう家系の問題が、作家として書いていくうちにだんだん目的に転化し、意識的にそれを深めていかれたのだと思うんですね。

少数民族の問題についても、もともと自分の家系に関心があり、出発はごく自然なものだったはずです。アイヌの問題に最初に関心を持ったのも、目的があってのことではなかったでしょう。北海道―アイヌという結びつきから、アイヌの叙事詩（ユーカラ）に特異な文学性を認めて、翻訳したり、国際シンポジウムで講演するなど、作家活動のひとつの目的に選び、ノーベル賞作家のル・クレジオを感心させるというところまで行った。少数民族の問題が、自然性から目的性に転移したとみなすことができます。自然成長性と目的成長性を融合したところで、最後の作品として『ジャッカ・ドフニ』、そして未完ではあるけれども、見事に構造化された家系の問題、それと戦争中の人種差別の問題を組みあわせた『狩りの時代』が産みだされました。たいへん見事な最後の仕事を成し遂げられたと思うのは、私だけではないはずです。

まとまりが悪くお聞き苦しかったことでしょうが、これで私の津島さんへの追悼の談話ということにさせていただきます。ご静聴ありがとうございました。

（拍手）

身構える母

中沢けい

皆様こんにちは。最後の登壇者ということで、講演させていただきます。菅野さんの大変行き届いたお話のあとですから、いろいろと気が引けることもございますが。今日、いろいろな方のお話を聞きながら、津島さんから聞いた話、津島さんと一緒にあちこち出かけたことなどを思い出しました。

白百合に入って最初の夏休みに、ランニングシャツ一枚で自転車を漕いで自宅から学校に来たら、修道女さんが驚いたという。たぶん、ここではなくて、飯田橋の中高の方だと思うんですよね。当時お住まいだった駒込から調布のここまで、中学一年生が自転車で来るのはえらい大冒険ですから（笑）。

それから、さっきオオカミの毛皮の話がありました。津島さんがお買いになったオオカミの毛皮はいかがなものか私は知らないんですが、津島さんのお宅の近くにモンゴル料理屋があったんです。あるとき、津島さんが「モンゴル料理を食べに行きましょう！」というモードに入ったことがあって、そこに行くと、マンションの小さな一室でした。敷物はオオカミの毛皮。これが羊のように柔らかくなくて、逆毛が立つようにごわごわしているんですね。さらにそこに、モンゴルから来ている白鵬とか――当時は朝青龍なんかもまだ日本にいたんですけど――お相撲さんたちがみんな自分の弟子を連れて、ご飯を食べに来ているんですよ。狭いったらありゃしないという感じですね。津島さんと一緒に、積載オーバーだなんて笑っていました。

モンゴルっておもしろいんですね。食事に使うのがナイフ一本です。骨つき肉と一緒にナイフが出てきて、それをこう、削《そ》いで食べるというのがモンゴル料理のモンゴル流なんですって。津島さん、上手いんですよ。すーっと割いて口に持っていくんですが、食事用のナイフではなくて、刃がついている本物のナイフなんです。あれを口元に持っていくのはたいへんスリリングな経験だったなというのを、今お話をうかがって思い出していました。

津島さんがフォークナーの影響を受けておられるというお話がございました。フォークナーといえば、中上健次もフォークナーから影響を受けたことを思い出す方がいらっしゃると思います。井上光晴さんのお名前も出ていましたが、私はそこに――自分では体験していませんが――「文芸首都」という同人雑誌が持っていたある種の雰囲気をつくづくと感じます。そういう中で津島さんは小説を書いていたんだということを、皆さんのお話をうかがいながらあらためて実感しました。

津島さんが小説を書きだしたとき、お母さんに知られるのがすごく怖かったそうです。だから、「名前を変えたの」とおっしゃってましたが、「苗字は変えなかったの？」と訊いたら、「忘れたのよね」と言われてびっくりしたことがあります。名前は本名と違うお名前をお使いになっていますが、苗字が同じだったら郵便が来たときにばれるじゃないかと思って、どうしてそんなことをしたんだろうと、今でもこれは謎なんですね。

それはともかく、「文芸首都」の同人たちの間でフォークナーはよく読まれていたに違いない。フォークナー風の小説を書いて、そういうものがある種の力を得ていたのが一九八〇年代なかばぐらいまでだったのかな、というのが私の印象です。

というのは、私が最初の本を出したとき、本屋さんで隣に津島さんの『寵児』が平積みで並んでいまして、書き下ろしということもあって立派な帙《ちつ》に入っていたんです。私の本は普通のカバーだけだったんですが、私もこういう帙に入った本を出してもらえる作家になりたいなと思いながら、本屋さんで感心して見ていたんです。ところが、私が作家を四十年やっているうちに帙屋の方がいなくなったと言われてびっくりしました。当時、本というものはある種の尊敬とともに見られていました。

もう一つ、さっきのお話にもありましたが、同じ時期に「群像」に連載されていた『光の領分』で、津島さんは第一回野間新人賞を受賞されます。この『光の領分』はフランス語訳が出ていました。私がよくおぼえているのは、このころはちょうど、アメリカ式のウーマンリブからフランス風のフェミニズムへの転換があった時期で、私もフランスのフェミニズムの女性監督の映画を新宿武蔵野館なんかにちょくちょく観に行ってます。だから、東洋の一国に出現したフェミニズムの雰囲気のある作家として、津島さんの初期作品がフランス語によく訳されたんです。そういう時代の流れもあったのかなと思いながら、今日のお話を聞いていました。

ご指摘がありましたように、家族や家系の問題ということが津島さんの大きな主題なんですが、私はそれを少し自分の受けとめ方に直してお話ししてみようと思います。

津島さんは三人の死者を非常に気にしていました。一人はお父さん。ときどき、「私の父なんて、机に向かっている背中の姿しか知らないのよ」と話してくださったんですが、亡くなられたときの年齢は一歳ですから、さすがにおぼえていないだろうと思うんですね。だから、作家として仕事をなさるうちに、そういう父の背中のイメージがだんだん見えてきたんじゃないか。

それから――まだ十代だったのかな――亡くなられたダウン症のお兄さん。一緒にお風呂に入っていたそうです。そうすると、脱糞しちゃうことがあって、お風呂の中にうんちがプカプカ浮いてくるような経験をよくしたんだよとおっしゃる。

最後に、亡くなられた息子さん。

先ほどメモを取りながらハッとしました。自分でも今まで気がつかなかったことですが、父と兄と息子――つまり女の人が親族として関わる男性。その三人を早くに失っているんですよ。これは津島さんにとってとても大きな要素だったのかなと思います。

ただ、こう申し上げますと津島さん個人の問題のように聞こえるかもしれませんが、じつは、津島さんは一九四七年のお生まれで、いわゆる「団塊の世代」といって、戦争に行った男性たちが日本に戻ってきて赤ちゃんを作ったという、その世代なんです。きっと身のまわりには母子家庭って多かったと思うんですよ。帰ってこなかったお父さんというのが大勢いた世代ですから。ご自身のお姉さんの世代もそういう方が多かったに違いないんですね。そういう家庭を、いわゆる母子家庭という描き方をすることに対して津島さんはすごく拒否的でした。母子家庭という言い方も、私は津島さんの前ではちょっと謹んで、「単親家庭」という言い方でお話をすることが何度かありました。

あと、「父ちゃんのためならエンヤコラ」って歌ったのは誰でしたっけね。……そう、美輪明宏さん。彼の「ヨイトマケの唄」に出てくるような母ちゃん。それから「かあさんが夜なべをして手袋あんでくれた」ってサトウハチローさんの詞で歌になってるお母さん。ああいう母のイメージは本当に徹底拒否なんです。そうではなく、単体で自己決定権を持った存在、産む性としての女、という見方で母を書くということについて、津島さんはものすごく意識的に取り組んでいました。だから、そういうことに関して津島さんに何か言うとき、私たちはとても神経を尖らせていたんです。

さらに、さっきも言ったように、幼少時に亡くした父、ダウン症を持って早く亡くなった兄、そしてもう少し後年になると、不慮の事故で亡くされた息子さんに対して強い意識を持っていました。津島さんにとって、その父は太宰治という高名な作家ではないんです。だから、津島さんの前で太宰治の名前を出すのも、私たち（複数形で言わせてもらいます）おつきあいさせていただいた作家たちはみんな神経を使っていました。ところが、——言っていいのかな、皆さんお疲れでしょうからストレートでいきますが——津島さんが亡くなられたときの「毎日新聞」ウェブ版の第一報が「太宰治の次女亡くなる」だったんです。「化けて出るぞ！」と思っちゃいましたけど（笑）。津島さんはそのあたりの感じ方に対してたいへん厳しく線引きをなさっている。しかも、そういった自分の境遇というのは——今日はマイノリティというお話が何度も出ましたが——必ずしもあの当時の日本では少数というわけでもなかったような気がいたします。大勢の人が未亡人として子供を育てていたんだと。

だから津島さんの作品を読むと、初期のころから、『ジャッカ・ドフニ』あるいは『狩りの時代』まで——これは『狩りの時代』に出てくるんですが、「母はおびえて身構えた」という表現があります。この言葉は津島さんの大きな主題だと思うんです。この「母」とは自分自身の母親というだけではなく、また誰か個別の母でもない存在ですね。子供を産む性としての女性が持つ根源的な母の「おびえ」に加えて、「身構える」ということが津島さんの文学にはとても重要なのだと私は思います。そんな具合ですから、「ヨイトマケの唄」とか、サトウハチローの夜なべの手袋の歌みたいな叙情はものすごい拒否なんです。

津島さんが詩的な叙情に目覚めるのが、フランスにいらっしゃってから戻ってきて、アイヌの神謡集に興味を持たれる、その流れの中ですね。ご自身もアイヌの神謡集のフランス語訳をやられた。そこから歌に対する感覚をものすごい勢いで磨いていくんです。だから、前期は家庭の個人の話、後期は世界の中の日本の話というふうに、小さい話と大きい話とでバーンと割っちゃうということも鑑賞としてはできると思うんですね。フランスから戻ってきたとき、こう言うんです。「さすがラテンな国だよ。たくさんの詩人を生み出した国だよ」と。津島さんはアイヌの歌であれば、大きな抵抗なしに受け入れられた。なんとなくそんなふうに、そのころ見ていて私は感じました。

お母さんが亡くなるのはそのあとです。お母さんが亡くなったころから、いろんなことに見舞われてきた津島さんの筆が、かえって自由になっていくのをそばで見ていました。やっぱり、母を守らねばならぬという気持ちがすごく強かったんだ。個人的な部分ではそう思いました。「おびえて身構える母」をその目で見てきた人でもあるんですね。そういう意味で、フランスでの体験、アイヌの神謡集、その詩や歌と出会い直すということは、津島さんにとって大きな転機だったのかなと感じています。

そのあと、大長編となった『ジャッカ・ドフニ』にだんだんつながっていくわけです。津島さんがここで、世界の中の日本を書こうとしたか否かはわかりません。ですが、『ジャッカ・ドフニ』を拝読しますと、私たちが京都や東京を中心に見ている日本ではなくて、国境の輪郭線の動き方から見える日本の姿、といったようなものが私には感じられます。今は、父と母がいて子供がいる、近代的な核家族のあり方がだんだん解体されてきて、高齢の方の孤独死などが問題にされている世の中です。そういう社会に生きる若い読者の皆さんが、津島さんが残された大長編を読んでくださったら、私たちとは違う感受性の中で新しいインスピレーションとヒントを持ってきてくださるのではないかと感じているところです。

ここから先は根拠のない話をいたしまして、最後のまとめとさせていただこうと思っています。じつは、去年(二〇一五年)の十月に、津島さんとあることでメールのやりとりをしました。

実務的なことです。とてもじゃないけど、数カ月後に亡くなる人とは思えないしっかりした文章でした。残された遺作を見ても、ある種の弱みというものはまったく感じさせない文章ですから、メールぐらいなんでもないってものなんですね。ですが、じつは私は知っていたんですね、なんかお加減が悪いと。ただ、他言無用と言われたので、知らないふりしてやりとりをしていた。やりとりをした中で、津島さんの創作意欲はぜんぜん衰えていなくて、手紙の端々にも、ご自身の書いていることについてのちょっとした思いというものを書いてくださっていました。

そんな津島さんが亡くなられたあとで、何本か追悼文を書く必要があって、経歴を調べたり短編集を何冊か読んだりしていたら、自分のことで恐縮なんですが、「あっ、レヴィ＝ストロースを読もう」と思ったんです。『悲しき熱帯』のレヴィ＝ストロースですね。私が高校に行ってたころ、だから津島さんが小説を書きはじめたころ、図書館にはレヴィ＝ストロースの本が並びはじめた時期だったんです。フランスで出たあと、日本で翻訳されて受容されるには少し時間がかかりますから。あと、高校の図書館にあった本でよくおぼえているのは文化人類学者のマーガレット・ミードです。マーガレット・ミードも私たちが高校生のころはよく読まれていました。それを津島さんがお読みになったかどうかということは、すぐれた研究者の方々がいらっしゃるので、今後、残された日記とか創作メモを研究してくだされぱいいんですが。あの時代、アメリカで生まれたウーマンリブが大陸のフランスに渡って、フェミニズムというなんだか柔らかい言葉に変わっていく。そのフランスで出てきたレヴィ＝ストロースは、のちにブラジルに行ったわけですが、「ある社会構造は、他の社会構造に比べて優劣はない」ということを言った。外から見れば、それぞれの社会はそれぞれの論理を持っているんだ、ということを克明に書いてくる。レヴィ＝ストロースはフランスのかなり保守的な文章家だと私は思っていますが、そういう人が登場してきた。なぜだかわかりませんが、『ジャッカ・ドフニ』を大急ぎで読んでいたら、そのことをふっと思い出したわけです。

津島さんのたどった形跡とは違うんですが、たとえば日本だったら、文化人類学をやっている上橋菜穂子さんのような作家が、そういうアカデミックなお仕事のかたわらでファンタジーを書いて多くの人に受け入れられている。津島さんの仕事はそういう意味ではちょっとその流れの中にいたような気がしています。私も高校生のときはなんか勉強してやろうと思ってレヴィ＝ストロースを読んで、「なんでブラジルのことを私が勉強しなきゃいけないんだろう！」と思って途中で挫折したんですが、今は小説を読むみたいに読んだら楽しいなと思って、片っ端から買ってきて読んでいて、これがけっこうおもしろいんですね。こんなにおもしろいものを書いている人がいるなら、もう小説を書くのは面倒だなというようになっています（笑）。ある種のものがそこで、津島さん独自のお仕事と焦点を結ぶような印象を私は受けました。

話が少し変わりますが、私と津島さんと二人で女流文学者会のお会計というのを担当したことがあったんです。あの会は古くて、幹事と言うと偉そうだから、お当番と言ってたんですよ。会計係は会計って言ってたんですけど。それを二人でやった。

「津島さん、当座の財布の中から預金に回したお金は支出ですよ」

と私が言うと、津島さんは、

「貯まったんだから支出じゃないでしょ、収入でしょ」

「いや、だから、それを収入に入れられると帳尻が絶対あわなくなるんだから、支出にして！」

「わからない」と津島さん。こうなると大変なことになるんです。

「わからないんだもん、中沢さんやって」

「はーい、やります」

みたいな感じで、やったことがあります。ときどきそういう不思議なことの起こる人だった。あれはなんか不思議でしたね。

あと、健啖家でした。いろいろなものを二人で食べました。インドに行ったときに、ヤギの足を「おいしい、おいしい」って二人で食べて、津島さんは次の日、外気温四十二度の中、平気でシンポジウムに行っている。私は部屋で、なんでこんなに胃が痛いんだ、なんでなんだよ、と言って伸びていたこともありました（笑）。

それから伊藤比呂美さんと阿蘇の小国温泉というところへ行ったことがあって、このとき津島さんはお台所の上がりかまちから落ちて足の骨を折られていたんです。骨折。「津島さん、足を折ったら温泉はよくないんじゃない」とか言っていたんですが、でも杖をつけば歩くのに不自由はないし、伊藤さんが車を運転すると言うので、とにかく旅行だけ一緒に行きましょうということになった。いざ行ってみたら「やっぱり温泉入りたいわ」と言い出す。結局、家族貸し切り風呂というのを伊藤さんが旅館で予約してくれて、二人で両側から支えて、湯船の中に入れた。大丈夫かと言いながら入れちゃったということがありましたけど、大丈夫でした。

まあそんなで、津島さんとは本当によく旅行もしましたし、お酒をいただいて、いろいろなものも食べに行きました。楽しくおつきあいさせていただきました。でも、面と向かって文学の話や小説の話をしたことはないんですね。たまに書評なんかを書きますと、「書評を書いてくれてどうもありがとう」とお葉書が来たりして、どうもどうもみたいな、そういう感じでしたけど、怖かったことは怖かったんですよ。どこで火花が散るか、どこに導火線が入っているか。わかるときはいいんですよ。わからないときは本当に怖いなと思いました。本当に、太宰治と言っただけで、ドカン！　という感じです。

でも一回だけ、ソウルに行ったときバスの中で韓国の詩人が私のそばに寄ってきた。少し日本語ができる人だったんですが、アボジについてどう思うかと訊かれた。アボジってなんだ、ああ、お父さんね、と。「父ね、私のアボジはもう遠い昔に死んだの」と私。彼の中ではここで符合しちゃったんです。そこで彼は「そうだよね、もう遠い昔だよね」と、話があっちゃった。つまり、私を太宰治の娘と間違えた粗忽者《そこつ》だったんですね（笑）。彼はそのまま突き進んでいくから、これはまずいぞと思って、そのときだけは私も「ううん、それ違う。あっち。太宰治のお嬢さんはあっち」と言って、津島さんの方にポーンと投げちゃいました（笑）。誰かが通訳していたんですが通訳に怒ってもしようがないので、怖れていた火花は散らず、太宰について丁寧にお答えになっていてほっとしました。そういうことも、今こうして皆さんにお話ししてきて思い出したんです。

とりとめがないようですから、私が申し上げたことを若干まとめておくと、津島さんの重要なポイントは、不在の父、早く亡くなった障害を持った兄、それから不慮の事故で亡くなった息子——どういうわけか男の方三人なんですよね。こればかりは運命なのかなと思います。そういう経験をお持ちだという背景もあり、普遍的な意味での「おびえて身構える母」という主題も、最初から最後まで一つの流れとしてお持ちになっていたと思います。

それからやはり大きいのは、アイヌというご自身の、萱野さんの見方を借りれば家系につながる物語の中で、叙情に再復帰していることです。要するに、日本の東京で私たちが何気なく鼻歌を歌うような、通俗的な叙情をストイックに避けていた作家が津島さんだった。そんな中、アイヌを見つけるのが先だったのか、日本の国境線というものを見つけるのが先だったのか、ちょっとよくわかりませんけれど、とにかくそれらと出会うことによって、津島佑子流の叙情を取り戻した。この二点が、私が皆さんにお話ししたかったことの眼目になります。

最後に、さっき菅野さんのお話にあったことの繰り返しになります。津島さんはやっぱり光がお好きなんですね。光の方を向いて書いていらっしゃる。タイトルにもそれは使われています。光が意味しているのは理想なのかもしれないし、あこがれなのかもしれないけれど、光のイメージというのは津島さんの作品に、初期のころから最晩年までずっと通じて存在するものだったように私は感じています。

じつは二人とも異常な買い物魔で、インドに行ったとき、マーケットプレイスに行って生地が安いので、津島さんは「これもいいわ、こっちもいいわ、これもすてき、これを私買うから」とはしゃいでいた。そのまま二人のところに物欲大魔王が降りてきて、えらいことになったぞと思ったことがありました(笑)。そういうときもちょっと、きらびやかなミラーワークのついているようなものをお選びになったり。これはやはり津島さんの、ある種の身構えというのでしょうか。身構える者としての津島さんの、なんとも言えないすっきりとした気どりというもの、今思い返しても、私を幸せな気持ちにしてくれます。

今日はいろいろな方から津島さんのお話をうかがうことができて、あらためて、また明日あたり、「中沢さん、帳簿の帳尻があわないの」と電話がかかってきそうな気がして、「だから津島さん、それはね、収入じゃないの、支出なの」って、私が電話口でワンワン言ってるような、そういうことが起こりそうな気がしています。

こんなに早く亡くなられるとは思っていませんでした。二人でババをやろうと言っていたんですけどね。なんか、そういう点はもう本当にさびしい限りです。でも、こうしてたくさんの読者がおられるのだから、皆さん自由に読んでいただければ、作品が作家個人から離れて、新しいシチュエーションが生まれる。そんな豊かさを充分に持った作家だったというふうに申し上げて、私の話を終わりたいと思います。皆さん、ありがとうございました。（拍手）

II

津島佑子と白百合学園

第一章

白百合学園の日々

座談＊同窓生に聴く

切田節子／稲井承子
聞き手＝**井上隆史**

本章では、中学・高校・大学の十年間の津島佑子を知る同窓生のお二人に、小説家として活躍する前の白百合学園時代の彼女についてお聞きしたことをまとめた（二〇一六年十二月七日収録）。お二人の言葉はいわばジグソーパズルのわずか数片のピースに過ぎないが、津島を知る手がかりとなる貴重な事柄が数多く含まれており、そのニュアンスまでお伝えすべく、座談形式のまま掲載する。

はじめに

井上　本日はお忙しいところ、お集まりいただきありがとうございます。私は津島さんに直接お目にかかったことがありませんので、ぜひお友達のお二人にいろいろなエピソードをお聞きして、津島さんの人となりを知りたいと思っております。アトランダムで結構ですので、津島さんに関わる思い出などをお話しいただければ幸いです。

切田　こちらこそ、津島さんについてお話しする機会をいただき、ありがとうございます。

稲井　私たちは、大学を卒業してから彼女とはそんなに接点があったわけではありませんので、それ以前のことしかお話しできませんが……よろしくお願いいたします。

切田　井上先生から「津島さんのお話を」との依頼を受けて昔の資料を整理したら、彼女のリーダーシップを示すような紙が出てきたので持ってまいりました。学園祭でちょっとした研究発表があって、英文科のみんなから自分は何を発表したいかという希望を募ったときの役割分担表です。ポーとかＬＳＤとかのテーマが書いてありますが、これは津島さんが書いた字です。彼女が率先してこういう表を作って、皆さまの希望を集めたのです。他にもいろいろなものが出てきました。これが『アンティゴネー』を英語劇でやったときのプログラムで、ここに書いてあるメモは津島さんの筆跡です。

稲井　私は中学一年で同じクラスになって、中学、高校とかなり親しくしていました。津島さんは普段の会話一つとっても普通の人と違っておりました。たとえば「そういうのはざらにあって」ということを言うときも、「そんなこと陳腐よ」なんて、普通の中学生が使わないような漢語の言葉をさらっと言ってしまうので、周りの人は驚いてしまいますよね。

井上　中学生のころから大人びていたのですね。

稲井　大人びているのだけれど、ある面でキュートな部分もあって、なんかこう、ワガママみたいなことを言われても許してしまう……。やっぱり魅力的だったと思います。

リーダーシップという点では、あれは大学二年の終わりでしたかしら、三年生から始まるゼミに慣れるためにと言って、勉強会をやろうということになりました。彼女にそう言われると、もう私たちはただ「そうね」と言ってくっついていくのです（笑）。彼女はそのゼミの前哨戦じゃないけれども、「じゃあアメリカン・リアリズムについて研究しましょう」と言って、冬休みだったかしら、その時までに参加学生（八名）全員がそれぞれ作家を調べてくることになりました。私はスティーブン・クレインだったと思います。

切田　それぞれが小説を読んで発表するというので、市ヶ谷のユースホステルに泊まって研究しました。今はアルカディア市ヶ谷になっていますね。

稲井　宿泊したのはたしか六名でしたが、ゼミ合宿とでもいうのでしょうか。そういうのを自主的に考えて、先生にも折衝して市ヶ谷まで来ていただいて、発表した内容をまとめて冊子も作って発表しました。

切田　冊子を作るといっても、当時はガリ版、今のように安価にコピーができなかったので、書きにくい鉄筆を使って原稿を書き、手がインクで真っ黒になりながら紙を刷ったのですものね。大変でした。

稲井　それをゼミで配るわけです。そういうことを三年生に上がる前に自主的にやったということは、今考えてもすごいことだと思いますね。

切田　でも彼女がいなかったら、しなかったと思うわ。

稲井　今みたいにパソコンで簡単に調べられる時代とは違うのよね。国会図書館に行って調べたわね。

切田　あのとき、私ははじめて国会図書館という場所に行ったわ。

稲井　それから、フォークソングのクラブを作ったのも津島さん主導だったわね。

切田　今でこそボブ・ディランも有名ですが、あのころ私はフォークソングの存在もまったく知りませんでした。でも津島さんのおかげで、当時から「How many roads...」なんて歌っていました。The Pebbles というグループ名で学園祭で披露しましたよ。ギターを弾いている写真も撮りました。ボブ・ディランがノーベル賞を受賞したことを、彼女に聞かせてあげたかったですね。

私たちの時代って、学生運動が盛んで各地でデモなどが起きるというすごい時代でしたけれど、白百合の中はそうした動きと無関係で、私たちにもそんな問題意識はありませんでした。そういう無意識、無関心な私たちの中に、彼女がフォークソングを持ちこんできて、反戦とかベトナム戦争とか、世の中の動きを教えてくれたのです。彼女がいなかったら新聞の政治欄など読まなかったと思いますが、彼女に影響されたり、あるいは歌を通してだったり、反戦だけでなく世界が広がったのだと思います。めぐみ荘で、泊まりがけでフォークソングを練習したりしました。だ

雪の日のめぐみ荘。めぐみ荘は今でも，白百合女子大学のキャンパス奥に残されている。大学の卒業アルバムより。

から、やっぱりリーダーシップだけじゃなくて、先を読む力があったのだと思います。

稲井　それから、自分の世界というものを持っていて、たとえば、めぐみ荘で合宿したときも、そこにあったオルガンでドビュッシーを弾きながら、ここはこういう情景よとか、ここはこういう感じなのよとか、その作品の持つ世界を説明するのですよね。

切田　そういう意味で芸術家だったわよね。

稲井　だから、こう……その年齢のふつうの女の子とはどこか違っていたという気がするわね。

女学生としての津島里子

井上　中学・高校・大学と経ていくうちに、津島さんはやっぱり普通の人と違うなということは、いつごろからお感じになられましたか。自然とそう思われたのでしょうか。

切田　そうですね。高校生ぐらいからでしょうか。

稲井　しょっちゅう変わっていると感じるわけではないですよ。いつもは普通の女の子です。一緒に映画を観に行ったり、駄洒落を言ったりしていたのですから。

切田　楽しい人よね。里子さんは！　――私たちにとって、津島さんは佑子ではなく本名の里子なのです。特に学生時代の彼女は里子でした。

稲井　ものすごく頭が冴えていて、すごい！　というタイプじゃなくて、お勉強がどうのというのでもなくて、でも感性が違ったのだと思うわ。

切田　そういえば、高校一年の時だったと思いますが、津島さんも私も理科部の生物班に入っていて、理科室でハツカネズミやらショウジョウバエを飼っていました。ある日、ハツカネズミが子供を産んで、最初は赤裸だったところに毛が生えて、白い毛玉のようになりました。直径二センチ程度の真っ白なポンポンにシッポがついている物がケージの中を走り回るのですから、それは楽しく嬉しい光景でした。名前のとおり二十日すると大人になるのですが、一匹だけ毛玉のまま成長しない子がいました。生物班顧問のマ・スール（シスターの意）が「この子は虚弱児だから大人にはなれないでしょう」とおっしゃいました。それを聞いて彼女は、どうしても引き取ると言って自宅に連れて帰り、自室で育てていました。

稲井　そうそう、小さなネズミね。私も津島さんの自宅の部屋で会ったわよ。ディーンだったかしら、ディディだったかしら？　ともかくDがつく名前をつけてかわいがっていたわね。

切田　そんな名前だったかしら。名前は憶えていないけれど、すっかり彼女に慣れて手の平に乗っていたのを見たわ。

稲井　ああいう弱い小さな生命に対して、とても興味をもって大きな愛情を注いでいたような気がするわ。何というか、普通の人とは違う、「かわいそう」と思って同情するのとはちょっと違った感覚だったような……。

切田　津島さんは、中学、高校のときは本当にかわいらしい面の方が多かったと思いますが、大学に入って少し経ったころから少しずつ変わってきた気がします。当時、大学では制服が決まっていましたが、ある日彼女は、スカートは制服のままで、上に赤いセーターを着てきたことがありました。そういうちょっと外れたことをするものだから、やっぱり目立っていましたよ。でも、その出来事の後に大学でセーター着用が許されたのですから、そういう意味でも津島さんは先駆者でした。

稲井　車も早くから乗っていましたね。大学のときに車の免許を持っているなんて、あのころ、特に女子大生に

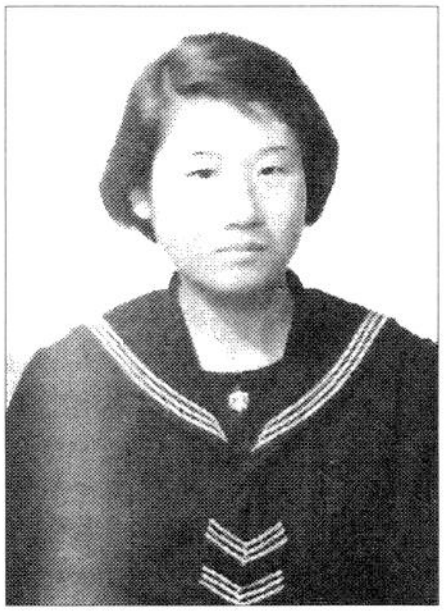

白百合学園での津島。中学校の卒業アルバムより。

は珍しかったのですが、車で登校していました。

井上　車をどこに置くのですか？

切田　あのころはどこに置いてもよかったのじゃない？　今のテニスコートのあたりに駐車していたのだと思うわ。今はもうたくさん建物が建ってしまったけれど、当時は建物が一つしかなかったから、広々と空いていたのです。赤い車だったわよね。

稲井　フォルクスワーゲンでした。なんか派手な色の目立つものを、という感じでした。

切田　けっこうくだらないことでワッハハとかケラケラと笑っていたわね。特に高校時代は本当にしょっちゅう笑っていました。そういえば、当時は世の中でもまだ珍しかった自動販売機が白百合にあったのです。ファンタの瓶の蓋の裏のコルクを剝がすと文字が出てきて、フ・ァ・ン・タという文字を集めるとファンタ人形がもらえるというので、捨てられた蓋のコルクを休み時間に剝がしました。授業に遅れるのでドキドキしましたが、彼女は「絶対に集める！」とか言って必死でがんばるので私たちもつきあっていたら、案の定、次の授業に遅れて立たされました。白百合で廊下に立たされるということは、めったにないことでしたのに。

井上　津島さんは本当にお転婆だったということですね。たしか大学時代にワーグナーの『ワルキューレ』のブリュンヒルデに憧れたということを書いていらして、津島さんらしいなと思いました。そういう活発さというのは、後年、頻繁に海外旅行をなさったところにも現れていますね。

創作の萌芽

井上　高校のころは普通の女学生だったようですが、もうそのころから創作をされていたのでしょうか、ご存じですか？

稲井　高一のときの夏休みの宿題で、小説を書くか、論文を書くか、というのがありました。私は論文の方を選んで、「科学技術は人間の心に何をもたらしたか」というようなことを書いたのですけれど、彼女は小説を書いてそれを見せてくれました。「飢え」という題でした。内容は、なんというのでしょうか、クラスの修学旅行に行って孤島に流されて、結局、先生だけが生き残ったのです。じつは先生が生き延びたのは、生徒たちをみんな食べたからだという話です。だから「飢え」というタイトルなのです。

切田　学校では毎年、中学から高校の学生が書いた文章を集めて文集にしていました。私は六年間分の全部を保管しておりましたが、「飢え」は載っていませんでしたよ。津島さんの文章が載っていたのは、たしか高一か高二のときで、東京オリンピックについての文でした。東京オリンピックは私たちが高三のときですから、ちょうど現在の状況と同じですね。今は二〇二〇年のオリンピックを控えて賛否両論、批判的な文章が新聞などに記載されますが、当時の彼女の文章も、そのまま現在に通じることばかりでした。日本の現状を見て、そんなにお金を使っていてもよいのか、もっと別のところに国費を使うべきではないか、など。

井上　その文章は、ぜひ拝見したいですね。

切田　残念ながら津島さんが亡くなる前の年に、彼女にその文集をさしあげてしまいましたので、私の手元には残っておりません。

大学に入ってからは、やはり彼女が中心になって同人会のような集まりを作り、「よせあつめ」という同人誌のようなものを作りました。佐久間神父さまが顧問とか相談役みたいな存在で、記事も書いてくださったわね。「木曜会」？　「水曜会」だった？

稲井　「水曜会」よ。漱石が木曜会だったから、私たちは水曜会にしましょう、そういう名前のつけ方だったわ。水曜日に例会があったものですから……。水曜会では、なんでも自分の思っていることを言ったり書いたりしましょうということで、ずいぶん何度も集まって議論したり話したり、夢中だったわね。

井上　津島さんは英文科だったわけですが、仏文科とか国文科の方との交流というのもあったのでしょうか。

稲井　水曜会には国文科の方もいらしたと思います。仏文科の方はいなかったような気がしますけれど。すべて彼女が作り出して、やりましょう、という感じでした。きっと何かを求めていたのだと思います。高校とは違うのだからという意識があったのでしょう。私たちは中高からそのまま大学に上がってきているので、大学生だ！　という意識がもとから希薄で、高校生がそのまま上がってきたみたいな感じでしたが、彼女はそうじゃない何かを求めていて、いろいろ心の中にあったのだと思います。

切田　そう、クラスメイトやマ・スールの方々の顔ぶれも同じだし、先生方の中にも、渡部昇一先生のように高校で教えていただいた方もいて、新鮮味がなかったのよね。それに一期生だから、先輩の大学生という存在がなかったことも原因の一つかもしれないわね。大学とはどうい

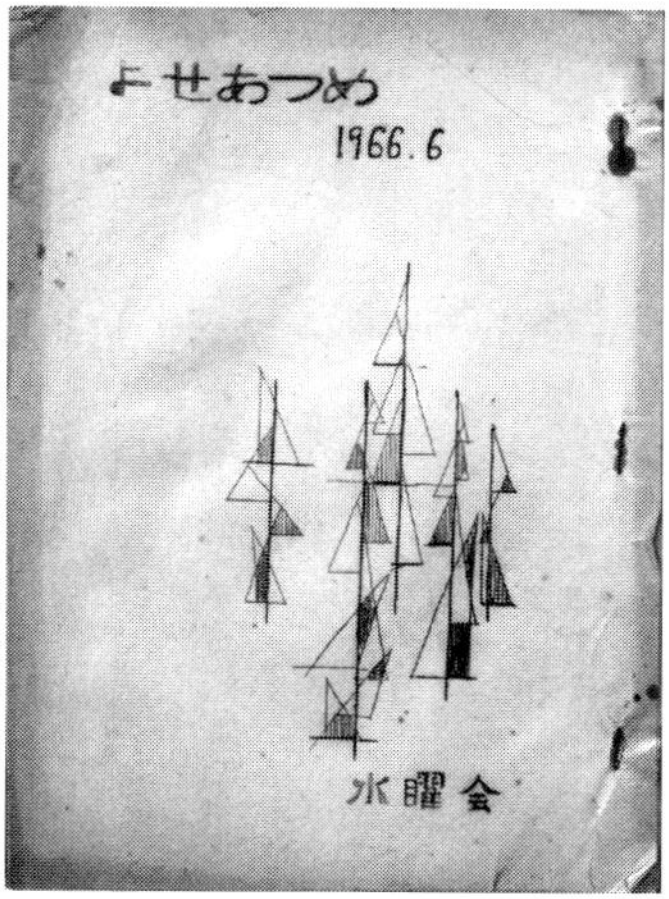

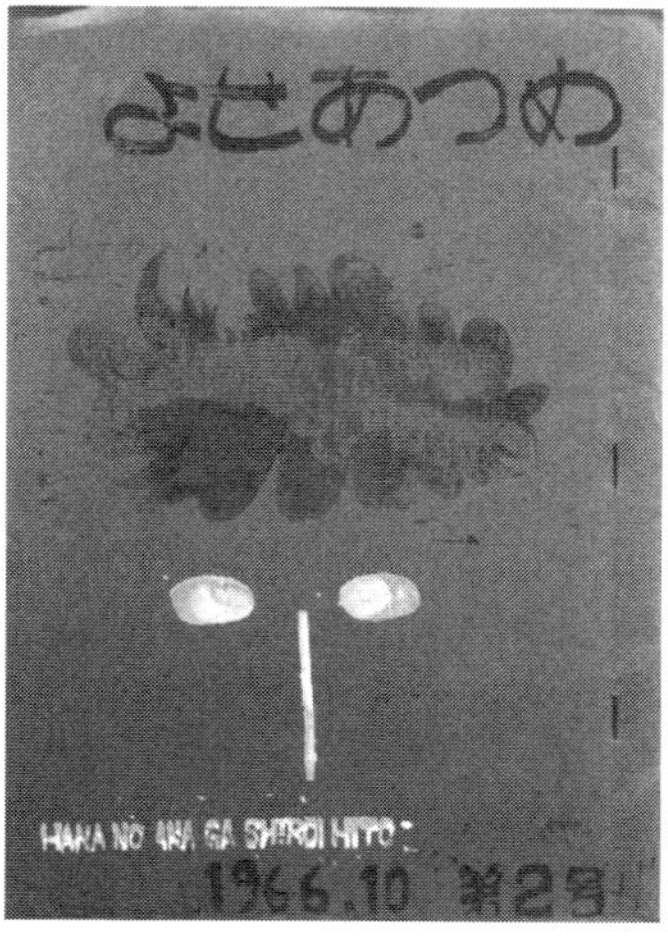

ガリ版刷りの同人誌「よせあつめ」1号，2号。同誌は2号で廃刊となった。白百合女子大学図書館提供。

うものなのか、大学生はどうあるべきか、実感を伴った理解ができなかったから、高校の延長になってしまったのかもしれないと思うわ。

稲井　そういうときに世間では「女子大学生亡国論」というのがあったでしょ。

切田　今の若い方たちには信じられないでしょうけれど、大学にどんどん女子学生が入ってきて、しかも成績がいい。こんな風に女が学問をしたのでは日本がダメになるって、けっこう著名な方々が新聞などに書いていたのです。

稲井　そういうことを言われてしまうのは、自分たちがしっかりして、目的を持って勉強しないからだ、というような意識が、彼女にはあったのだと思います。

井上　ご卒業の年は？

切田　一九六九年ですから、昭和四十四年です。

井上　津島さんが小説をお書きになって雑誌に発表されたのは、そのころですよね。どんなふうに思われましたか？

稲井　在学中でしたね。でもそのことに関してあまりみんなに話さなかったですね。小説を書いているのはわかっていましたけど。

津島さんの最初の方の作品を読むと、これはあのことだなと思うことがあるのですよ。モデルとなる人がいたり、あっ、これは冬休みに水道橋の研数学館に通ったときのことだな、とかね。

いろいろな小説の中に、知っている場面が出てきたりしました。

切田　特に初期の作品は、身近な人や経験したことから書いていくのでしょうからね。

でも私は、彼女の小説を最初は読むつもりでも、途中でやめてしまうのです。彼女の文章って私の理解の枠を越えているようで、最後まで読み終えることができないのです。

井上　たしかに、読みやすいか読みづらいかというと、やっぱり読みづらい方ですね。意識して読みやすくしないように、読みやすくしないようにとしているところがあるみたいです。

稲井　ベストセラーになるタイプの本ではないですね。普通の人が飛びつくような話題でも書き方でもないし、努力しないと最後まで読めないものがあったりしますから。

井上　自然に書くというよりは、いろいろ考えて工夫して組み立てていくタイプですね。

切田　皆さんにわかりやすく説明するというタイプじゃないのね。

稲井　そう、自分の書きたいものを、というだけで、それを売ってどうしようという気はさらさらなかったようですね。

佐久間神父のこと

井上　佐久間神父とは、仲がよかったと聞いていますが。

切田　仲がよかったというか、価値観や考え方に共通するものがあったのでしょうね。先に触れた、制服の上にセーターを着てきたときも、今の私たちが考えると些細な反抗ぐらいにしか思えませんが、当時は規則に少しでも反することはできないように育っておりましたから驚きました。でも佐久間神父さまは目先の規則云々ではなく、人間性を損なわないようなことには「どうでもいいんじゃない」というようなお考えでしたから、そういう意味で価値観が通じあったのだと思います。

稲井　私たちは大学卒業後ずっと連絡をとりあうことがなかったのですが、何十年かぶりに津島さんにお会いしたのも、佐久間神父さまの存在があったからなのです。

佐久間神父さまが、ご自分の死期を悟っていらしたからなのか、もう長くないと思われて、津島さんに会いたいから連絡をとってくれとおっしゃったのです。いろいろ探して、やっと連絡がつきました。ちょうど今、取材で行っていたマカオから帰ってきたばかりというときでした。なんとかお互いの都合がよい日に佐久間神父さまに会うことになって、私たちも同行することになりました。たしか三、四年前のことです。

切田　津島さんも神父さまにお会いしたかったとおっしゃって……感動的でしたね。お寿司を食べながら、昔話をしたり……。それこそ少数民族の話やアイヌの話や、今でもこんなに虐げられている人々がいるのよ、などと教えてくれました。学生時代と同じで、私たちが知らないことをたくさん話してくださったけれど、若き日と同じような激しさがありました。

井上　佐久間神父の存在は本当に大きいですね。

稲井　そう、普通の神父さまという感じの存在じゃなくて。

切田　私たちには、中学・高校時代に「神父」というのはこういう人だというパターンが出来上がっていたのです。神父さまって良い人なんだけれど、あまり知りあいにはなりたくない人みたいな方が多かったのです。それなのに、大学に行ったら、突然ヘルメットをかぶってオートバイに乗ってきた、あれが神父さまなの？　っていう感じでした。

稲井　なにか人間味を感じるというか……。

佐久間彪《たけし》神父の授業風景。荻窪教会や世田谷教会の主任司祭を務められたのち，2014年，86歳で帰天された。大学の卒業アルバムより。

切田　佐久間神父さまが神学の講義中に靴を脱いだの、おぼえているわ。この靴を履かないとオートバイには乗れないんだよ、とかおっしゃって突然ズボンの裾をめくって靴を脱いだの、もうみんなびっくりしてしまって！　こういうことをなさる神父さまっているんだ！　と驚きました。いろいろ、いい意味でもショックが大きかったのです。それは彼女も同じじゃないかと思います。

井上　でも、それが津島さんにはぴったりだった。どこか通じあうものがあったのですね。私が白百合に就職してはじめて教授会に出たとき、隣の席が佐久間神父だったのです。大柄で、たいへんな存在感がありました。私がご挨拶をしようと思った矢先、あたりに響く大きな声で「狭くなったねぇ」と言うのです。エッと思ったら、私の顔を見てニヤッと笑って「いや、ジョークです」とおっしゃったのですよ。そんな佐久間神父だったからこそ、津島さんも救われたところがあったのかもしれません。

カトリックのこと

井上　津島さんの年譜を見てゆくと、本当に大変な生涯だったのだろうなと思いますね。

切田　そう思いますよ。特にお子様を亡くしたあたりは大変だったと思います。予想もつかなかったことですが、その後かなり大人になってから洗礼を受けられたのですよね。そういうのもやっぱり心理的な要因があるのじゃないかと思います。彼女は、もともと信仰心を持っていたと思います。高校時代、休み時間や放課後に彼女に誘われて、一緒に御聖堂に行ってお祈りしたこともたびたびありましたもの。ただ、洗礼という儀式を受けるとか受けないといったことは信仰とは関係ないという気持ちだったのじゃないかと私は思っていたのです。ですから、カトリックの信者になるということに対しては複雑な気持ちを持っていらしたと思います。カトリックという形に縛られるというのか、固まってしまうというのか、そういうのが嫌なのだろうと思っていたので、その彼女が洗礼を受けたことを伝え聞いたときには驚きました。

井上　佐久間神父は、そのときにも関わられたのでしょうね。

切田　そうだと思います。佐久間神父さまのところでお会いしたときも、「息子のときはいろいろお世話になって」なんておっしゃっていました。

家族の肖像

井上　ご家族のことはご存知ですか。末っ子だということで、何か意識して努力されたようなこともあるのでしょうか？

稲井　どうでしょう。でも、一番下は絶対にかわいがられて育ったのだと思いますよ。私の持論では、かわいがられて育った人に悪い人はいませんよ。みんな性格がいいのです。

切田　でも、ごきょうだいの中ではお兄様の世話に手がかかったから、彼女は「自分よりもお兄さんが大切なのか」という気持ちは持っていたみたい。お兄様のお話はときどきしていましたよ。山下清と同じ学校で、名門なのだとか。

井上　お兄様のお世話で大変だったこともあったのでしょうが、お母さんは津島さんに対しては厳しくしていらっしゃったようですね。スキーに行けなかったことを何かで読んだような気がします。子供を管理する感じだったのですか？

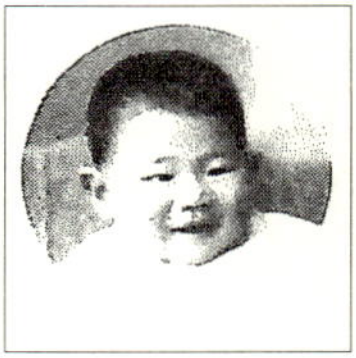

幼少期の津島。中学校の卒業アルバムより。

稲井　日曜日に他の中学校かどこかの文化祭に行こうかと言って、三人ぐらいで行くことになったのですが、休日なのでみんな私服で来ているところに、彼女だけは制服で来たのです。どうしたのって聞いたら、家を出るのに、学校の用事だと言って出てきたという。この制服だとピュッと出られるけれど、私服だといちいち説明しなくちゃならないから面倒くさいって。

切田　お母様は彼女とは雰囲気が違っていたようだったわね。お家にうかがっても、よく子供のお友達と一緒におしゃべりするお母様がいるけれど、里子さんのお母様は絶対に出てこない感じで、お顔もちょっとしか見せなかったと思います。

稲井　ちょっとお菓子を出したら、「里子ちゃん、皆さまにちゃんとお勧めして！」みたいなことをおっしゃって、それでもうスッと引っこまれてしまう、そんな方でした。

井上　お姉様の園子さんは、どんな感じでいらっしゃいましたか。

稲井　六歳ぐらい違っていたかしら。お姉さまは頭のよい優秀な方だったようです。

切田　お姉さまに対してちょっとした劣等感があったような気がします。というのは、私も姉がいるのですが、津島さんに「あなたとの共通点は姉に対する劣等感だわね」と言われたことがあるのです。きょうだいの上の子が頭もよくきれいだというように優秀だと、下の子は、特に幼いときには劣等感を強く感じるものです。そうしたもろもろの思いがあったことは確かだと思います。

井上　お父様（太宰治）のことは、いかがでしょうか。

切田　新聞記事などを見ると、「私は父親とは違う」というようなことが強い口調で書かれているけれど、私はやっぱり、心の中ではお父様のことを強く意識していたと思うのよね。

稲井　むしろ誇りに感じていたのじゃないかしら。ただ、それを正直に表に出してはいけないと思っていた部分も強くあるみたい。表向きにはそうじゃないと言うけれど、心の底には父への思いはずっとあったと思いますね。こういうことを彼女が話題にすることは一度もなかったのですが。

津島佑子と白百合学園

井上　津島さんの文学とか人柄について、「白百合だな」というふうに思われることはありますか？　雰囲気というか、カラーというか。

稲井　作品全体が白百合っぽいということはないですけれど、そのときはカトリックの教育には強く反発していても、やっぱり彼女の人間の根底のところに沁みこんでいるのだなというのは感じますね。

切田　以前、稲井さんから見せていただいたクリスマス・イブの記事、「やっぱり白百合ね」っていう感じを受けました。

稲井　ここに持ってきましたよ。彼女がほとんど生前最後に書いた「十五歳のクリスマス・イブ」（「日経新聞」二〇一五年十二月六日）。一番最後のところで、私はすごく「ああ、わかる、あのとき言っていたことがわかるわ」という感じがあったのです。「友達五人で」と書いてありますけれど、私もそのうちの一人なのです。

切田　私も読ませていただき、彼女にとっての心のふるさとは白百合なんだと思いましたね。私たちもそうですけれど、学校にいるときは不満もあるし、反抗もする。いろいろあってもやっぱりこの年齢になると「ふるさと」っていうことになりますね。

井上　でも、学校にいたころはなんてつまらない学校なんだろうと思った、とも書いてありますね。

稲井　そうそう、彼女、反発ばかりしていたけれど。

井上　これを書かれたとき、もう最後が近いというご自覚があったのでしょうね。二〇一五年の暮れですから。

切田　そうですね。神父さまの葬儀に参列できなかったということは、そのころにはご自分のご病気がわかっていらっしゃったのかなという感じがしますね。

井上　これだけ密度の高い文章は、そういう自覚がないと出てこないように思います。

稲井　こういう文章はスッとお書きになるわね。

井上　小説はたいへん工夫されて、二重三重の仕掛けがある。

切田　ひねくり回すところ、彼女は楽しんでいたのかもしれないけれど。

おわりに

井上　普段おつきあいをしている中で、作家としての知恵や工夫が見え隠れする瞬間はありましたか？

稲井　先を見るとか、私たちが想像もつかないような材料を話題の中に持ってくるということはあったのじゃないかしら。たぶん、そのころの私たちだったらパァーッと通り過ぎていくようなものを彼女はちゃんと頭の中に蓄積していて、それを私たちに教えてくれたのかなと思います。

彼女に出会ったことが財産というか……。彼女がいなかったらこういう考えをしなかったかもしれない——裏返して考えるとか、先生がおっしゃっていることの裏側を見るとか——そういうことを教えてくれたのが彼女だったという気がしますね。

切田　どうでもよいことと大切なことの区別かしら。中学から大学までの人格形成期に白百合で育って、何か大きなものに反抗するようなことはなかったし、反抗したいという意識もありませんでした。素直といえば素直なのかもしれないし、愚鈍といえば愚鈍で、ずっと過ごしてきましたから。そこでああいう刺激のある人間と出会わなかったら、私はどんな人間になっていただろう、と思います。そういう意味で、私も彼女と出会ったことは財産でした。たぶん、津島さんにとっても、白百合でカトリックに触れ、佐久間神父さまに出会ったことが大きな宝物だったと思います。

井上　本日は、どうもありがとうございました。

第二章

回想の白百合学園

現代と夢

津島里子

「白百合女子大学新聞」一九六六年十月二十九日付掲載。大学祭の懸賞論文（統一テーマ「現代社会の渇きと糧を考える」）の当選作。津島佑子の作家デビュー前の作であり、執筆者名として「英文科二年　津島里子」とある。

現代は「人間性」に枯渇しているというのが一般定理として信じられているようだ。「人間性」――つまり、個性・情緒・自我・思索等々だ。機械によって呑まれてしまったこの人間性をいかにして復活せしむるか。緑の自然、コミュニケーション、哲学、文学の必要性が強く叫ばれている近頃だ。

しかし、本当に人間性は失われているのだろうか。人は皆、人間でない人間としてうごめいているだけなのだろうか。――無論、私はそうは信じない。どうして、人間性を失った者が人間性について愁うることができよう。

「『人間性』を失っているのではないだろうか。」という不安感は、人間の存在の裏にいつも影のようについてまわる不安、時代を問わず常に生きている限り続く不安なのだ。

それにしても、この不安が現代ほど表面に出された時はないように思う。その何かをつかめぬため現代人は、落着かず孤立感に悩まされ、そして「人間性」の喪失の不安に絶えずおびやかされているのだ。一体、何が見失われているのか、何に飢え渇いているのか……

私はやっとこのごろになって次のような結論を得た。つまり、この時代が見失っているもの——それは「夢」ではないだろうか。

「夢」——色彩も美しく、現実の世界をフィクションの世界に導くもの。人の心を膨まし雲の如く蒼空に浮び上らせるもの。エロスに形を与えるもの。想像力、理想の双翼をもって自由に宇宙を飛びまわるもの——

この「夢」を一口でいうなれば「精神の宇宙的赤熱の状態」——大仰な言葉になってしまうが——とでもいえよう。これは読んで字の如く、我々の精神が広大無辺なる空間のただ中に、突然光を受けて解き放たれたように感じる忘我のエクスタシイの一瞬、身のうちのすべてが昇華して自分の存在の重さを感じなくなる一瞬、及びその状態である。

そして今でこそ気づいている人は少ないのだが、これは誰でも心のうちに持っているはずのものなのだ。生命とともに人に与えられたもの、そして人の心とともに育ち、人の心を育てもするものだ。

つまり、人間の心は海綿のようなものでこの「夢」という水滴を充分与えてはじめて重みを増しその役を果す。渇いた海綿など不愉快なだけで何の役にも立たない。ところが、私には現代の多くの人々の心の海綿はカサカサに渇いてしまっているように思えるのだ。

私は読むことが好きな方で文芸雑誌などよく手にするのだが、その多くの小説は「夢」に触れるのを恐れてか、大人しくおりの中にまどろみながら書かれたもののようにしか思えない。できるだけ「夢」——赤熱の「夢」に触れ火傷をおわないですむように、ビクビクと、しかし彼らなりの小さな自尊心をもって堂々と、ちぢこまって書いているように見える。もちろん「多くは」ということですべてが然りとは思わないが、それにしても小説の中にみずみずしく咲き誇るはずの「夢」はどうも目につかない。

小説に限らず、現代の人々全体を見まわしても同様に見える。せっかく「夢」が戸をたたいても、決して開けようとしない。泣いてすがって頼むとようやく細く開け、「君の気持が大切なことはわかっているけど、僕には関係ない。他の人の所へ行くがいい。」といって冷たくほっぽり出す。「夢」を拒否して背中をくるりと向けたその人々が、私には帆をなくしたヨット、光を失った太陽のように思える。

しかし、こんなことは現代に特有なことではなく、いつの時代にもありうることなのかもしれない。どの時代にも「夢」は冷遇されていたのかもしれない。とはいっても、現代の世の中しか見ていない私には、現代ほど無視されている時代はないように思えるのだ。

ポオの美しく妖しい世界も「現実」の香りがないために、極く少数の英文学研究者以外には、忘れ去られようとしているこの現代。

ドヴィッシイの微かな弦の音も自動車の排気音の中に吸いこまれていきそうな現代。

このような現代に生きる人々を、次のように弁護することができるであろうか？　すなわち、「夢」は逃れやすいものだ。壊れやすいものだ。夜の三時になってもまだ機械の音がやまぬ現代にはとてもデリケートな「夢」は満足には育たないだろう——と。

答えは否である。アスファルトも、機械の音も、自動車も、電柱も、スモッグも、テレビも、この「夢」という透明な花を凌辱することはできないのだ。どこにでもいつでも誇らかに咲いている。相変らず芳香を放っている。ガソリンの臭いなど、その香りの前では浄化され無臭となってしまう。なぜ、現代ではかくも強い花が見失われ、育ちにくいのだと言われるのだろうか。それはほかでもない。ただそれを見る現代の人々が踏みにじってから見るので、枯れた畸形の花以外、見つけることができないのだ。

忘我の恍惚状態——これによってはじめてこの花の透明な美しい花弁に触れることが可能になる。人間の心が、鋭敏にあくまでも澄みとおる一瞬だ。人間には必らずこの一瞬が訪れるはずなのだが、ほとんどの現代人は前にも書いたように、知ってか知らずか、自分の義務に、時間に屈服し、みずからこの一瞬を捨て去って「夢」を閉め出そうとする。

しかし、この一瞬なるものは、捨てようとしても捨てきることは不可能なのだ。「夢の世界」海綿は海の中に住む。人の心も「夢」の中に住む。これが現実なのだ。あたり前のことなのだ。いくら認めまいとしても、知らないふりをしても、現実はさけられない。現代の人々は「現実」という言葉を信じているようだ。目に見える「現実」なら信じられる。「現実」は真実にちがいないからといって。そう、「現実」は真実。だから「夢」の世界を認めるがよいのだ。これが何よりも現実なのだから。自分が生きているということなどはどうもあやしいものだが自分の心が「夢」の水滴を求めて呻いていることだけは、はっきりした現実なのだから。

さあ、早く、一刻も早く、飢え渇いている心に美しい「夢」を与えるがよい。さもないと、今に心ばかりかその身までも枯れて人間は皆、木片となってしまうだろうから。

この無限な宇宙に、我が身を解き放ってやるがよい。そうしてこそ、やっとものの真実がはっきりわかるようになるのだから。

白百合女子大学の頃

津島佑子

白百合女子大学に通っていた四年間を今、思い出すと、なつかしさを感じると共に、憂鬱な気分にもならずにはいられません。それだけ、私にとって、重く、大切な四年間だったのだと言えるのでしょう。

なんの目的も持たないまま、大学に進んでしまった私は、途方に暮れていました。英文学科の学生になったものの、英文学に特別の興味を持っていたわけではなく、文学そのものにさえ面白さを感じてはいませんでした。そんな自分に呆れ、でも、ほかに興味のあるものがあるわけでもなく、自分自身にほとほと愛想が尽きる思いで、大学に通い続けていたのです。

小学校の時は中学、中学の時は高校、高校の時は大学、とそれまでは一応の、自分自身に問い

「白百合同窓会報」一九八〇年九月三十日付掲載

かけずにすむ、一般に通じるレールが敷かれていました。自分というものをはっきり見定めなくても、なんとかごまかせていたのです。が、大学まで来てしまうと、さすがにそんなことは許されなくなってしまっている。お前のこの日々は、一体、なんのためにあるのだ、という声を聞かないわけにはいかなくなる。けれども、私にはなにも答えることはできませんでした。上級公務員になりたいのではない、教師になりたいのでもない。大学に残って、研究者になるつもりもない。大企業の社員になりたいのでもない。結婚して、専業主婦になることも、私は一度も自分のこととして考えたことはありませんでした。余りのないないづくしです。でも、私はなにかを貪欲に求めていたとも言えるようなのです。死んでしまえば、それでおしまいの、取り戻すことができない一度だけの自分の人生です。味わえるだけのものは味わい、飲みこめるだけのものは飲みこみたい、とその思いだけは、日々、強くなっていました。

ちょうど、サルトルが日本に来て、実存主義がはやっていた頃のことです。ベトナムの戦争は悪化し、泥沼の状態になり、そのアメリカと手をつないでいる日本への非難が学生の間で昂まり、あちこちの大学で学園紛争が起こっていた頃でもありました。

静かな白百合女子大学にも、その波紋は多少ながら及び、別の大学のデモに参加する人も、当時できたベ平連という市民運動に参加する人もいました。そして、カトリックのおとなしい女子大学とは言え、たとえばベトナム戦争に背を向け続けて、昔の宗教詩だけを読みふけっているのはおかしいのではないか、という、ある意味では自分の大学への積極的な気持を持ちはじめたのです。

不満をつきつける代りにこちらもそれなりに自発的な勉強をしなければならない。その具体的なきっかけを示唆して下さったのは、佐久間神父でしたが、そんなことから、私も遅まきながら、必死に本を読みはじめ、気がついたらもう小説の世界から逃がれられなくなっていたのです。

マ・メールの思い出

津島佑子

「SHIRAYURI ALUMNAE BULLETIN」一九八八年九月号掲載

マ・メール御勇退のお知らせをこのたび、耳にし、時の流れというものを改めて痛感させられております。時の流れに伴う変化はごく自然な、豊かな実りをも私たちにもたらしてくれるものではありますが、一方、心貧しい私にとって、淋しく感じずにいられないものでもあります。はじめて私がマ・メールとお会いしたのは、東京白百合の中学校入学試験の時でした。今から、ほぼ三十年前のことです。

私の母が白百合学園の名前をある日、急に持ち出してきて、わけの分からないまま私は入学試験の日を迎えていました。筆記試験の方はまだしも、面接の方はどんなことが起こるのか予想もつかず、たいへんな緊張感をもって面接室に母と共に入りました。

そこで生まれてはじめて、生きている〝本物の修道女〟と向かい合うことになったのですが、その部屋に漂っている柔かく暖かい雰囲気に、まずは心の底からほっとしたことをよく憶えています。面接の試験官として二、三人の先生が並んでいらしたと思うのですが、マ・メールはその真中にお坐りになり、質問もマ・メールがなさいました。

試験の出来はどうでしたか。

けさ起きた時どんな気持でしたか。

幸い、それは前もって練習しておいた質問事項でしたので、首尾良く答えることができました。マ・メールはその私ににこにこ笑いかけながら、幾度も頷き返して下さいました。

このように子どもに向かって笑いかけ、話しかけることのできる学校の先生が世の中にはいたんだ、と私は子どもなりにびっくりし、早速甘えるような気持になっていました。それまでの私の体験では、学校の先生なるものに親しみを持つなど考えられないことだったのです。

一方の母には、調査書でお気づきになったのでしょう、夫と死別して子どもたちを育ててきたことに対して、今まで大変でございましたでしょう、と声を掛けて下さいました。実際に苦労の多かった母はそれで大感激してしまい、以来、白百合のファンになった様子です。

こうした記憶が私に残っていることは、私自身にとっては大きな出来事だったのですから、当然のことと言えるのですが、四年ほど前にお目にかかった際、この面接試験のことをはっきり憶えていらっしゃることを知らされ、本当にびっくりさせられたのでした。過去、マ・メールが触れてこられた生徒数の茫大さを思いますと、私という生徒がいたことすらお忘れになっていても少しも不思議なことではないのです。学園に六年、大学で四年、計十年白百合にはお世話になったわけですが、とりたてて憶えておいて頂けるような存在ではなかったのですから。

あまりにも驚いたので、白百合時代の友人にそのことを話しますと、彼女と彼女の母親のことも憶えていらっしゃったということで、マ・メールはどうやら白百合にいた人の誰一人として忘れずにいるらしい、それにしても空怖ろしいような記憶力の持ち主でいらっしゃる、と改めて驚嘆し合ったものです。

四年ほど前に思いがけずマ・メールにお会いしたのは、実はその年に亡くなった私の身内のために、大学の修院でミサを挙げて頂いたということがあったからでした。普段は大学に近づきもしなかったくせに、身内の不幸で途方に暮れたところで急に思い出し、無理なお願いをしました。マ・メールはそんな私を暖かく迎えて下さり、修院の皆さまの美しい歌声に包まれた、心のこもったミサを実現して下さいました。そして、私の十二歳の娘がかつての私のように、はじめてマ・メールにお目にかかったのも、その時のことでした。

マ・メールという言葉の本来の意味を、今噛みしめずにはいられません。

マ・メール、どうかお元気で。

十五歳のクリスマス・イブ

津島佑子

「日本経済新聞」二〇一五年十二月六日付朝刊掲載

十二月になると、ありきたりではあるけれど、クリスマスが近づいてきたのを感じさせられ、胸が躍る。この年齢になったら、だれからもプレゼントをもらえそうにないし、楽しいパーティが待っているわけでもない。それでもなにやら華やいだ思いになり、かつてのクリスマスの記憶を今の自分にたぐり寄せたくなる。

中学から大学を卒業するまで、カトリックの女子校にいたので、クリスマスの記憶は宗教的な意味をよそに、学校と切り離せなくなっている。学校にいたころは、なんてつまらない学校なんだろう、規則は厳しいし、毎日お祈りばかりさせられる、と不平たらたらだった。けれど、五十年以上も時間が経てば、そんな思いはきれいに消え失《う》せてしまう。

入学した当初、なんの予備知識もなかったため、驚くことだらけだった。先生方の半数以上は修道女で、洗礼名でお呼びする習慣になっていた。マ・スール・ジュリエットとか、マ・スール・ドミニクとか（マ・スールは私の姉妹という意味の、修道女に対するフランス語の呼称）。れっきとした日本人女性をそのようにお呼びすることにはじめのうちこそ抵抗があったが、案外すぐに慣れてしまった。

朝と夕方の二回ずつ、教室の床にひざまずいてお祈りをする決まりになっていたことにも仰天させられた。そして学校の講堂では、始終、ラテン語のミサが行われ、生徒たちはわけのわからないラテン語の聖歌をうたわされる。マ・スールたちは床に届く長いスカートをはいていて、頭には白い鳥の翼のような帽子をかぶっている。あとで聞いた話では、毎日その帽子にはアイロンをかけなければならず、手入れが大変だったとのこと。

入学してから三年のち、歴史的に名高い第二バチカン公会議による通達で、東京の学校でも、すべてこうした旧式な習慣は改められることになった。ミサのラテン語のお祈りや歌も日本語に変えられた。そうなってみると、なんとなく損をしたような気がしたのだから、人間など身勝手なものだ。

昨年、取材のためマカオを訪れたのだが、中世風のカトリックの世界が予想以上にここにはまだ生き残っていたので、うれしくなったのと同時に、なつかしく感じた。

長いこと、カトリック国のポルトガルに支配されてきたこの土地では、ポルトガル系と中国系の熱心なカトリック信者が共存していて、日曜ともなると、こぞってミサに参列する。狭い場所にひしめくように建つカトリック教会は、どれもむかしのままの、バロック形式の美しい建物で、カトリックが隆盛をきわめていた十六世紀という時代にいつの間にか迷い込んだかのような心地に誘われる。

十七世紀には、過酷なキリシタン取り締まりが日本ではじめられた。そのため、少なからぬ数の日本人信徒がマカオに逃れ、修道士として、あるいは職人として住みついたという。かれらは日本にいたころから、イエズス会の作った学校で、ラテン語を学んでいた。なかにはローマまで行き、みごとなラテン語の演説をものした日本人もいたらしい。四百年前の日本人は思いのほか、国際人だったのだ。

坂の多いマカオの町を歩いていて、当時、一般的な日本人にしても中国人にしても、クリスマスの話を聞かされ、どれだけ馬小屋に眠るキリストのイメージを理解できていただろうか、と急に心配になった。けれど心配ご無用、大昔から馬は人間にとって最も重要な動物だったにちがいなく、馬小屋と飼い葉桶《おけ》を知らないひとはいなかっただろう。

キリストが生まれた馬小屋を空から照らすひとつの星。飼い葉桶のなかでは、赤ん坊がすやすやと眠っている。宗教の枠組みを超え、美しい聖夜のイメージが現代の私たちの胸を打つ。

というわけで、クリスマスの魅力は、なんといっても深夜に行われるミサにある。不信心な私にもそう感じられるのだけれど、じつはなかなか深夜ミサに行けないままでいる。深夜という時間帯なので、ひとりで行くにはけっこう勇気がいる。もちろん、クリスマス当日の昼間のミサに行けばいいのだけれど、それではどうもおもしろくない。

十五歳の年、友だち五人で深夜ミサに出かけたことがあった。友だちの家から歩いて行ける教会をだれかが見つけ、そこだったら深夜ミサに行くことができる、と思いついたのだった。ところが私たちは道に迷ってしまったらしく、その教会はいくら歩きまわっても見つからなかった。ひどく寒い夜だった。

むなしく、真夜中の道を歩いて家に戻ろうというとき、不意に、緊張の糸がぷつんと切れて、みなではしゃぎだした。

わーい、よっぱらっちゃった！　まっすぐ歩けないよお！　ほら、こんなにふらふら！

口々に叫んでは笑い転げる。もちろん、お酒など飲んでいない。ひとけのない夜道を歩いていること自体が楽しくて、わくわくして、笑いやむことができない。

どうしてあんなに楽しかったのだろう。あれは、私たちの十五歳という年齢に与えられたとくべつな恩寵《おんちょう》のようなものだったのかもしれない、と今の私は考えたくなっている。

この世界に生まれてきた楽しさ。世界のなにもかもが美しく感じられる喜び。けれど、その喜びはさりげなく訪れ、さりげなく去って行く。かけがえのない貴重なひとときがあそこにもあった、と今になって私は思い当たるのだ。十五歳のクリスマス・イブの記憶は、そんな思いに私を導いてくれる。

旅立ちの春

原川恭一

「交通新聞」二〇一六年六月三日付掲載

花の季節も待たず、久しく無沙汰が続いていたのだが、忘れ難い知人二人の旅出ちの知らせ（訃報）が伝えられてきた。

一人は加島祥造さん。米国のノーベル賞受賞作家、W・フォークナー文学の研究仲間であり、翻訳家、詩人、画家、思想家と多方面で活躍してきた年長の知人で、晩年は信州・伊那谷に居を移し、一人住まいを続けていたと聞く。

最後に会ったのが二〇〇四年（平成十六年）一月十日。その時に頂いた詩画文集『心よ、ここに来ないか』（一九九八年）に、署名と並び年月日がそう記してある。

そしてもう一人は作家、津島佑子さんの訃報。太宰治（本名・津島修治）の次女であり、自身も「田村俊子賞」「泉鏡花文学賞」「女流文学賞」「川端康成文学賞」などをはじめとして、数々の文学賞を受賞してきたこの閨秀《けいしゅう》の死は、ラジオやテレビ、新聞などを通じて広く報道された。

その彼女と私が出会った最後は二〇〇五年十二月十四日、当時奉職していた武蔵野大学の公開講座の当日である。講師の津島さんは、大勢の聴衆を前にして、約一時間半にわたり「小説の悲しみ」という、実作家ならではの話をしてくれた。

その折に持参した、当時の彼女の最新作『ナラ・レポート』(二〇〇四年)にも、署名と年月日が記されている。フォークナー文学を介しての加島さんとの付き合いも長かったが、津島さんとの縁はいっそう長く、これもまた、フォークナーを仲立ちとしてであった。

彼女はエッセー集『私の時間』(一九八二年)の中の「フォークナーの慰め」で、遠い記憶を掘り起こしながら、諧謔《かいぎゃく》交じりの口調で次のように書いている。少し長いが引用してみたい。

私がフォークナーというアメリカの小説家の存在を知ったのは、大学生の頃のことでした。私の通っていた大学に、フォークナーきちがい、と呼ばれている若い先生がいました。その先生は、学生にフォークナーの作品しか読ませせようとはしませんでした。

シェークスピアならいざ知らず、と学生たちは自分たちの知らない一人の現代作家に熱中しているその先生に多少の軽蔑の念を持っていたのです。けれども、その先生のおかげで、フォークナーという名前だけは学生たちの記憶に刻みこまれたのですから、その先生もなかなかの功績をあげた、と評価しなければならないでしょう。

私もその先生によってはじめてフォークナーの作品を読んだ一人でした。「薔薇をエミリーに」という、短編小説を最初に読みました。不思議な読後感があったのを憶えています。こうした小説家の作品をこの大学でも正規に扱うのか、とも思い、驚きました。

実は、私の通っていた大学はカトリック系の女子大学で、そうした場では、同じ文学作品といっても、どうしてもカトリックに関係の深い作家、たとえば、グレアム・グリーン、モーリヤックなどを、カトリックの立場から扱う、ということになってしまっているのでした。

修道院の経営する学校なので、そこでの学問の姿勢もカトリックという宗教をより深く知るためのものになるのも、当然なことではあります。けれども、ともするとそうした姿勢は学生にとって窮屈に感じられるもので、たまにはカトリックのことなどを忘れて、面白い小説を気軽に読みたくなるのでした。

まさかフォークナーの作品しか読ませようとしなかったはずはなかったと思うが、三十代の初めごろ、週一回、白百合女子大学へ出掛けて行き、英文科の講義と演習にフォークナーの作品を取り上げたことは間違いない。

自身も米国南部の旧家出身であり、代表作『響きと怒り』(*The Sound and the Fury*, 1929)に見られるように、身内にさまざまな負の要因を抱え込みながら零落崩壊していく、南部農園貴族の悲喜劇を終生描き続けたこの作家の世界について、講義で長編を取り上げ、演習で短編を精読した遠い記憶がよみがえってくる。

また、さらに時代をさかのぼり、大学生時代に恩師に連れられて、来日したフォークナーのセミナー会場(長野県)に入った折の感激なども話し添えたかもしれない。


講義と演習の双方に出席している中に、いかにも怜悧《れいり》で才長けた感じの学生が一人いて、昼休みなどの時間に、よく講師控室へ話をしにやってきたのだが、それが津島里子さん、ペンネーム津島佑子さんだった。そのころ彼女は、既にそちこちの同人誌や文芸誌に初期短編作品を発表し始めていた。

当時の彼女については、だいぶ前に「思い出の津島里子さん」(川村湊編『現代女性作家読本3 津島佑子』二〇〇五年)と題する拙文をつづったことがあったのだが、それ以後も作品を発表するたびに作品掲載誌を、単行本を、私信を添えて彼女は次々と送ってくれた。

直接会う機会はほとんどなくなりはしたが、このような形で津島さんとのかかわりは絶えることなく続いてきたのだった。

東京生まれの東京育ち、言うところの都会っ子の津島さんが、米国「深南部」の物語を紡ぐフォークナー文学になぜひかれたのか。もしかしたら意識の奥処に、仮に受容と拒絶のはざまで心揺らしながらも、津軽・金木町にある父方の旧家への思いが内在していたのではなかろうか。

以前「斜陽館」（太宰治記念館）に立ち寄った際、豪壮な邸宅に父娘の作品が並んで展示されているのを見て感じたのと同じ思いが、ふとまた立ち返ってきた。

原川恭一氏とともに

公的な結婚報告ハガキや「田村俊子賞」受賞祝賀会への招待状などは別だろうが、いま手元に残っている数通の私信は、あくまでも私信である。そのため、すぐに公表するつもりはないが、いずれ時が来れば、かつて「思い出の津島里子さん」の中で、筆者の解説というフィルターを通して述べた箇所も、そのフィルターを外さなければならなくなるのかもしれない。

フォークナーの野辺送りの折に、身内の代表者が語ったという「埋葬される前までは彼は家族のもの、その後は皆のもの、全世界のものになるのです」(『ウィリアム・フォークナー写真集』「解説」一九七九年)という言葉が、近々津島さんにも当てはめられるのであろう。泉下の彼女のはにかんだ顔が見えるようである。

享年六十八。高齢化社会の昨今、いかにも早すぎる春の旅立ちだった。

年譜

作成＝与那覇恵子

一九四七年（昭和二二年）

三月三〇日、東京都北多摩郡三鷹町（現三鷹市）に父津島修治（太宰治）、母美知子の次女として生まれる。本名里子。姉園子五歳、兄正樹二歳がいた。異母妹に太田静子の娘太田治子（一九四七年一一月一二日生）がいる。美知子の父石原初太郎は地質学者。叔父石原明は後にアメリカに渡り大学で教えるようになる。

一九四八年（昭和二三年）一歳

父、玉川上水で山崎富栄と入水、六月一九日、死が確認される。小学校四年生の頃、父親の死の真相を知り「人様に言えないスキャンダル」と思ってきたが、「自分自身にまつわりついていた秘密を誰のものでもないものにしてしまおう」という意図も後年小説を書き始めた動機の一つにあった（小川国夫との対談「地縁について」〈文芸〉一九七三年八月号）。一二月、文京区駒込曙町の叔父石原明宅に移転。

一九四九年（昭和二四年）二歳

八月、文京区駒込蓬莱町に移転。

一九五〇年（昭和二五年）　三歳
四月、私立駒込幼稚園に入園。桐朋学園主催「子どものための音楽教室」に六歳まで通う。

一九五三年（昭和二八年）　六歳
四月、文京区本郷にあった東京学芸大学附属追分小学校（現在は廃校）に入学。母親の教育方針は「女の子らしく」ではなく「学問と芸を身につけ、さっさと社会に出る」ことだったらしい。「家のなかの仕事も手伝わせたこと」がなかったという（『本のなかの少女たち』）。小学校時代に小泉八雲の『怪談』や上田秋成の『雨月物語』、曲亭馬琴の『南総里見八犬伝』に親しむ。

一九五八年（昭和三三年）　一一歳
八月、文京区駕籠町（現本駒込）に移転。

一九五九年（昭和三四年）　一二歳
四月、私立白百合学園中学校に入学。このカトリック系ミッション・スクールに中・高・大学と通う。

一九六〇年（昭和三五年）　一三歳
二月、ダウン症であった兄、肺炎で死亡。後に「知恵遅れの兄と一緒に育っていたというのは非常に大きいことだった」、「彼自身は言葉がない世界」ではあったが「コミュニケーションは当然」あり、「人間の価値は頭脳だけじゃないだろう」、「人格的にはちゃんと尊敬していた」（インタビュー「私の文学」〈国文学解釈と鑑賞〉一九八〇年六月号）と語っている。

一九六二年（昭和三七年）　一五歳
四月、白百合学園高等学校に進学。

一九六五年（昭和四〇年）　一八歳
四月、白百合女子大学英文学科に進学。学生時代は自分の「出口」を求めて読書会や講演会を開いたり、プロテスト・ソングを歌うフォークソンググループを結成したりした。後に、女子校は将来はともかく「現在の男女社会では見られない、女性が素直に自己表現した姿がでてくるいい場」（〈白百合女子大学同窓会会報〉三一号「卒業生訪問　津島里子姉」一九八四年八月）と語っている。

一九六六年（昭和四一年）一九歳

ガリ版の同人誌〈よせあつめ〉を創刊するが二号で廃刊（三月に「手の死」を一号に、一〇月に「夜の……」を二号に発表）。英文学科二年の時、「現代と夢」で大学祭懸賞論文に当選、〈白百合女子大学新聞〉に掲載（一〇月二九日）される。保高徳蔵主宰の同人雑誌〈文芸首都〉の会員となる。同世代の中上健次と出会い、強い印象を受ける。この頃から二〇代前半にかけて北海道、東北、四国など日本各地を一人で旅する。大学時代に金子光晴、萩原朔太郎の詩や『悪の華』『神曲』『マンフレッド』などの詩集に惹かれる一方、ドストエフスキー、ジェイムズ・ジョイス、ヴァージニア・ウルフ、谷崎潤一郎、泉鏡花、坂口安吾など、内外作家の作品を乱読する。とくにフォークナーからは知恵遅れの人間の内面の描き方や、愛欲や暴力の形で導き出される本能的な生命力の描写に触発を受け、ポーからは文学と宇宙の関係に眼を開かされ、岡本かの子からは生命の流れとしてある女性の力の存在に気づかされる。姉の影響により「大事な一冊」となった『嵐が丘』を原書で読めるようになる。またワーグナーの『ワルキューレ』をテレビで見て、ブリュンヒルデの「武装し、誇り高く、しかも優しさを兼ね備えた自由な少女」像に魅せられ、これまで違和感をもっていた「女」という「自分の性を受け入れることができる深い喜び」を味わう（『本のなかの少女たち』）。

一九六七年（昭和四二年）二〇歳

安芸柚子の筆名で「ある誕生」を〈文芸首都〉九月号に発表。

一九六八年（昭和四三年）二一歳

英文学科三年の時、学生作品として「響きの世界――E・A・ポオ“The Raven”の場合」が〈白百合女子大学学報〉に掲載（一月一八日）される。芦佑子の筆名で〈文芸首都〉四月号に「蟬を食う」を、一二月号に「硝子画の世界」を発表。

一九六九年（昭和四四年）　二二歳
津島佑子のペンネームで「レクイエム——犬と大人のために」を〈三田文学〉二月号に発表。以後、津島佑子の筆名を使う。三月、大学卒業。卒業論文の題名は『マーローの「フォースタス博士」とバイロンの「マンフレッド」に見られる「ファウスト」の審美的解釈』であった。四月、明治大学大学院文学研究科（英文学専攻）に入学するが、学園紛争などでほとんど通わず、二年後に除籍となる。渋谷区代々木に移転、初めての一人暮らしを始める。
「霧の外」を諏訪優主宰の同人誌〈弾機《ばね》〉五号に、「粒子」を〈三田文学〉八月号に、「青空」を〈文芸〉一二月号に発表。

一九七〇年（昭和四五年）　二三歳
四月、財団法人放送番組センターに嘱託として勤めるが、秋に退職する。七月、杉並区西永福に移転。「ユリディスの樹」を〈文芸〉四月号に、「雨の庭」を〈三田文学〉五月号に、「最後の狩猟」を〈犯罪〉二号に発表。

一九七一年（昭和四六年）　二四歳
八月、新宿区早稲田鶴巻町に移転。週刊誌に「大学院の演劇科の学生」と「結婚」（「津島佑子さんが〝謝肉祭〟を書くまで」〈微笑〉六月二六日号）とある。また、〈白百合女子大学同窓会会報〉一八号（九月発行）の「女流作家登場！」に「米山里子（旧姓・津島）さん」と紹介されている。
「謝肉祭」三部作として〈文芸〉五月号に「メリー・ゴーラウンド」を、六月号に「空中ブランコ」を、七月号に「踊る大女」を、「月草」を〈展望〉六月号に、「揺籃」を〈すばる〉六号に発表。第一作品集**『謝肉祭』**（「謝肉祭」三部作、「レクイエム——犬と大人のために」「青空」、河出書房新社、一一月）刊行。

一九七二年（昭和四七年）　二五歳
一月、文京区本駒込の母宅に移転。同月、婚姻届提出。五月、長女香以を出産。河野多恵子と対談「戦争を境にした女流の対話」〈三田文学〉一一月号。「狐を孕む」（芥川賞候補）を〈文芸〉五月号に、「童子の影」を〈文芸〉一一月号に発表。

一九七三年（昭和四八年）二六歳

母の家から本駒込一丁目に移転。畑山博・富岡多恵子・三木卓らと座談会「われわれはこう書く――新人の立場から」〈群像〉七月号。小川国夫と対談「地縁について」〈文芸〉八月号。

「壜のなかの子ども」（芥川賞候補）を〈群像〉二月号に、短編三部作として〈三田文学〉三月号に「二人で食事を」を、四月号に「鳥のための食事」を、五月号に「スフィンクスの味覚」を、「静かな行進」を〈文学界〉五月号に、「鬼火」を〈文芸〉九月号に、「透明な犬」を〈青春と読書〉九月号に、「人さらい」を〈文芸〉一〇月号に、「行方不明」を〈季刊芸術〉二七号に、「火屋」（芥川賞候補）を〈群像〉一二月号に発表。『**童子の影**』（「狐を孕む」「揺籃」「童子の影」、河出書房新社、三月）、書き下ろし長編『**生き物の集まる家**』（新潮社、四月）刊行。

一九七四年（昭和四九年）二七歳

「発情期」を〈文学界〉五月号に、「葎の母」を〈文芸〉八月号に発表。

一九七五年（昭和五〇年）二八歳

二月、豊島区駒込に移転。初めての海外旅行でパリを訪れる。

「我が父たち」を〈群像〉二月号に、「天幕」を〈すばる〉一九号に、「廻廊」を〈文学界〉七月号に、「射的」を〈海〉一〇月号に発表。『**我が父たち**』（「壜のなかの子ども」「火屋」「我が父たち」、講談社、四月）、『**葎の母**』（「葎の母」「天幕」「廻廊」「静かな行進」「人さらい」「行方不明」、河出書房新社、一一月。第一六回田村俊子賞）刊行。

一九七六年（昭和五一年）二九歳

三月、文京区千駄木に移転。八月、長男大夢を出産する。長男は夫とは別人の「手続き上の結婚」を経ていない男性との子どもであった。この年に離婚。

「鳩」を〈文芸展望〉一二号に、「氷原」を〈文芸〉二月号に、「林間学校」を〈すくすく〉四月号に、「符丁」を〈海〉五月号に、「草叢」を〈中央公論〉一〇月号に、「基地」を〈海〉一〇月号に発表。

一九七七年（昭和五二年）三〇歳

四月から五月にかけて、母、長女と共にニューヨーク州バッファロー市の叔父石原明宅を訪れ、アメリカ生まれ、アメリカ育ちの従弟妹たちと会う。

「水槽」を〈海〉一月号に、「草の臥所」を〈群像〉二月号に、「箱の土」を〈海〉三月号に、「双生児」を〈海〉六月号に、「花を撒く」を〈群像〉八月号に、「藤蔓」を〈海〉九月号に発表。**『草の臥所』**（「草の臥所」「花を撒く」「鬼火」、講談社、七月。第五回泉鏡花文学賞）、エッセイ集**『透明空間が見える時』**（青銅社、八月）刊行。

一九七八年（昭和五三年）三一歳

四月、豊島区駒込のマンションに移転。中上健次・三田誠広・高橋三千綱・高城修三らと座談会「われらの文学的立場――世代論を超えて」〈文学界〉一〇月号。高橋たか子と対談「女の性と男の眼」〈早稲田文学〉一一月号。中島梓・中沢けいと鼎談「私の小説修業」〈婦人公論〉一一月臨時増刊号。

「歓びの島」を〈海〉一月号に、「南風」を〈海〉五月号に、「森の動く日」を〈文芸展望〉四月号に、「人ちがい」を〈新潮〉六月号に発表。短編連作「光の領分」を〈群像〉に連載（七月号～一九七九年六月号）。**『歓びの島』**（「射的」「符丁」「鳩」「草叢」「双生児」「基地」「水槽」「箱の土」「藤蔓」「歓びの島」、中央公論社、四月）、書き下ろし長編**『寵児』**（河出書房新社、六月。第一七回女流文学賞）刊行。『筑摩現代文学大系97』（筑摩書房、三月）に作品収録。

一九七九年（昭和五四年）三二歳

インタビュー「自我と他者の関係の消滅」〈週刊読書人〉一〇月二九日号。インタビュー・菊田均「津島佑子氏にきく」〈すばる〉一二月号。

「聖地」を〈文芸〉二月号に、「彼方」を〈新潮〉六月号に、「夢の道」を〈海〉七月号に発表。エッセイ集**『夜のティー・パーティ』**（人文書院、二月）、宮城音弥との対談『何が性格を作るか――性格学講義』

（朝日出版社、五月）、**『氷原』**（「聖地」「人ちがい」「南風」「林間学校」「透明な犬」「発情期」「森の動く日」「氷原」、作品社、七月）、**『光の領分』**（講談社、九月。第一回野間文芸新人賞）、**『最後の狩猟』**（「月草」「最後の狩猟」「ユリディスの樹」「雨の庭」「粒子」「霧の外」「硝子画の世界」「蟬を食う」「ある誕生」「手の死」「夜の……」、作品社、九月）、集英社文庫**『童子の影』**刊行。

一九八〇年（昭和五五年）　三三歳
一一月、豊島区駒込の借家に移転。河野多恵子と対談「女性における生と性――『一年の牧歌』をめぐって」〈波〉三月号。丸岡秀子と対談「歴史をつくる・女のものさし」〈図書新聞〉七月一九日号。インタビュー・柘植光彦「津島佑子・私の文学」〈国文学 解釈と鑑賞〉六月号。川村二郎・高橋たか子と鼎談「女流を突き動かすもの」〈国文学〉一二月号。
「山を走る女」を〈毎日新聞〉に連載（二月一二日〜九月一三日）。「燃える風」を〈海〉二月号に、「幻」を〈作品〉一二月号に発表。**『燃える風』**（中央公論社、四月）、エッセイ集**『夜と朝の手紙』**（海竜社、六月）、**『山を走る女』**（講談社、一一月）、講談社文庫**『我が父たち』**、河出文庫**『寵児』**刊行。

一九八一年（昭和五六年）　三四歳
『山を走る女』がテレビドラマ化され、日本テレビで放送（一一月一九日）される。中上健次と対談「物語の源泉」〈文芸〉一月号。インタビュー・栗坪良樹「津島佑子氏にきく」〈すばる〉二月号。
「野一面」を〈新潮〉一月号に、「島」を〈海〉一月号に、「沼」を〈群像〉二月号に、「ボーア」を〈文芸〉三月号に、「多島海」を〈文芸〉七月号に、「あの家」を〈新潮〉七月号に、「番鳥森」を〈文芸〉一一月に発表。河出文庫**『謝肉祭』**、河出文庫**『草の臥所』**、中公文庫**『歓びの島』**刊行。

一九八二年（昭和五七年）　三五歳
八月、文京区本駒込のマンションに移転。
「浦」を〈文芸〉一月号に、「水府」を〈文芸〉五月号に、「貝塚」を〈海〉五月号に、「黙市」（第一〇回川端康成文学賞〉を〈海〉八月号に発表。エッセイ集『**小説のなかの風景**』（中央公論社、六月）、『**水府**』（「ボーア」「多島海」「番鳥森」「浦」「水府」、河出書房新社、九月）、エッセイ集『**私の時間**』（人文書院、一二月）、河出文庫『**葎の母**』刊行。

一九八三年（昭和五八年）　三六歳

吉原幸子と対談「〈女〉として生きていくほかない――問題としての〈女性〉と表現行為」〈現代詩手帖〉二月号。インタビュー・高橋敏雄「同時代作家に聞く・津島佑子篇」〈図書新聞〉一一月二六日号。「伏姫」を〈群像〉一月号に、「石を割る」を〈新潮〉一月号に、「三ツ目」を〈群像〉六月号に、「浴室」を〈新潮〉九月号に、「菊虫」を〈群像〉一一月号に発表。『**火の河のほとりで**』（講談社、一〇月）、英訳『寵児』（講談社インターナショナル）刊行。

一九八四年（昭和五九年）　三七歳

三月、四国瀬戸内海を旅行。八月、北海道を旅行。インタビュー「作家訪問⑰　津島佑子氏に聞く――「風景」の中の女たち」〈季刊知識〉七月号。「おろち」を〈群像〉一月号に、「犯人」を〈文芸〉二月号に、「厨子王」を〈群像〉四月号に発表。『**黙市**』（「彼方」「夢の道」「幻」「野一面」「島」「沼」「あの家」「貝塚」「黙市」「石を割る」「浴室」、新潮社、一月）、『**逢魔物語**』（「伏姫」「三ツ目」「菊虫」「おろち」「厨子王」、講談社、六月）、講談社文庫『**光の領分**』、講談社文庫『**山を走る女**』刊行。

一九八五年（昭和六〇年）　三八歳

三月一二日、呼吸発作にみまわれ長男大夢、自宅浴室で死亡。白百合女子大学の修道院でミサを行う。大江健三郎と対談「想像力と女性的なもの」〈世界〉八月号。

「「不思議な少年」」を〈文芸〉一月号に、「抱擁」を〈新潮〉一月号に、「川面」を〈群像〉三月号に発表。「夜の光に追われて」を〈東京新聞〉、〈北海道新聞〉、〈中日新聞〉に連載（一〇月一六日〜一九八六年六月二六日）。中公文庫『**燃える風**』、仏訳『寵児』（デ・ファム）、蘭訳『寵児』（ホイス）刊行。

一九八六年（昭和六一年）　三六歳
母とともに横浜の山手教会でカトリックの洗礼を受ける。
「夢の記録」を〈文学界〉一〇月号に発表。エッセイ集『**幼き日々へ**』（講談社、九月）、『**夜の光に追われて**』（講談社、一〇月。第三八回読売文学賞）、英訳『寵児』（ウィメンズプレス）、仏訳『光の領分』（デ・ファム）刊行。

一九八七年（昭和六二年）　四〇歳
「泣き声」を〈新潮〉一月号に、「ジャッカ・ドフニ――夏の家」を〈群像〉五月号に、「春夜」を〈新潮〉八月号に、「夢の体」を〈文学界〉九月号に、「悲しみについて」を〈群像〉一一月号に発表。仏訳『火の河のほとりで』（デ・ファム）刊行。

一九八八年（昭和六三年）　四一歳
大江健三郎・原広司と座談会「夢の力」（上・下）〈沖縄タイムス〉一月四日号、五日号。
「真昼へ」を〈新潮〉一月号に、「光輝やく一点を」を〈新潮〉五月号に発表。「溢れる春」を〈波〉に連載（九月号～一九九〇年二月号）。『**真昼へ**』（「泣き声」「春夜」「真昼へ」、新潮社、四月。第一七回平林たい子文学賞）、『**夢の記録**』（「犯人」「「不思議な少年」」「抱擁」「川面」「夢の記録」「ジャッカ・ドフニ――夏の家」「夢の体」「悲しみについて」「光輝やく一点を」、文芸春秋、一二月）、講談社文芸文庫『**火の河のほとりで**』、仏訳『黙市』（デ・ファム）、英訳『射的』（パンテオン／ウィメンズプレス）刊行。『昭和文学全集29』（小学館、一月）に作品収録。

一九八九年（昭和六四年・平成元年）　四二歳
六月、フィンランド、ラハティで開催された「国際作家会議」に、一一月、ベルギー、ブリュッセルで開催された「ユーロパリア日本」に参加。
「大いなる夢よ、光よ」を〈群像〉に連載（一月号～一九九〇年一一月号）。読書エッセイ集『**本のなかの少女たち**』（中央公論社、二月）、講談社文芸文庫『**逢魔物語**』、講談社文芸文庫『**夜の光に追われて**』、自選短編集『**草叢**』(「蝉を食う」「粒子」「透明な犬」「林間学校」「基地」「草叢」「空中ブランコ」「静かな行進」「廻廊」「夢の道」「野一面」、学芸書林、一二月)刊行。

一九九〇年(平成二年) 四三歳

一〇月、フランクフルトのブックフェア日本年に参加。

『古典の旅2 伊勢物語/土佐日記』(講談社、四月)、『**溢れる春**』(新潮社、八月)、マーガレット・ドラブルとの対談『キャリアと家族』(岩波ブックレット一六三号)、福井信子との共訳『愛の時代』(クリステン・ビヨンケア著、福武書店、一一月)、新潮文庫『**黙市**』、河出文庫『**水府**』、仏訳『夜の光に追われて』(デ・ファム)、蘭訳『光の領分』(メーレンホフ)刊行。

一九九一年(平成三年) 四四歳

二月、湾岸戦争に反対する「『文学者』の討論集会」に参加。八月、メキシコで開催された文学者と科学者共同の国際会議「これからの地球」に参加。日本の近代文学と北海道アイヌの伝統口承文学カムイ・ユカラとの関係について発表する。一〇月から一年間、パリ大学東洋言語文化研究所の「日本の近代文学」の講座を担当。「アイヌ神謡集」、説経節、泉鏡花の『天守物語』などを講義。この講座に出席していた学生たちとともにアイヌ口承文学のフランス語翻訳を始める。この翻訳は一九九六年、アイヌ叙事詩『銀の雫降る降る――アイヌの歌』としてガリマール社から出版される。ロワールで開催された「日仏文化サミット」に参加。パリ滞在中、「日本語で書く」ことの意味を強く意識させられる。ブルターニュに惹かれ、何度も訪れる。

「砂の風」を〈文学界〉に連載(一月号〜一一月号、一九九三年二月号〜一九九四年七月号。刊行時に『風よ、空駆ける風よ』に改題)。『**大いなる夢よ、光よ**』(講談社、六月)、伊訳『寵児』(ジュンティ)、独訳『光の領分』(テゾイス)刊行。

一九九二年(平成四年) 四五歳

八月一二日、中上健次の訃報に強い衝撃を受ける。パリからの帰国途中にアメリカの叔父宅を訪問する。

干刈あがたとの共著『少年少女古典文学館7　堤中納言物語・うつほ物語』（講談社、一一月）刊行。

一九九三年（平成五年）　四六歳

九月、韓国、済州島で開催された「日韓文学シンポジウム」に参加。同月、スイス、チューリッヒで開催された「ドイツ語圏日本学会」に参加、総会で基調講演を行う。

「すべての死者の日」を〈新潮〉一月号に、「石、降る」を〈新潮〉五月号に、「火のはじまり」を〈新潮〉八月号に発表。講談社文芸文庫『**光の領分**』刊行。

一九九四年（平成六年）　四七歳

この年、沖縄本島と久米島を訪れる。加賀乙彦と対談「個人的な体験と想像力」〈新潮〉一二月号。

「かがやく水の時代」を〈新潮〉二月号に発表。『**かがやく水の時代**』（「すべての死者の日」「石、降る」「火のはじまり」「かがやく水の時代」、新潮社、五月）、中公文庫『**本のなかの少女たち**』刊行。

一九九五年（平成七年）　四八歳

四月、フランス、サン・マロで開催された書籍祭に参加。インタビュー・小山鉄郎「『母』という物語」〈文学界〉四月号。五月一三日、日本近代文学館主催の第一回「声のライブラリー〈自作朗読会〉」で「かがやく水の時代」を朗読。一一月一五日から一九日にかけて島根県松江市で開催された「日韓文学シンポジウム'95 in島根」に参加。

「水の力」を〈文学界〉一月号に、「月の満足」を〈新潮〉一月号に、「セミの声」を〈新潮〉八月号に発表。『**風よ、空駆ける風よ**』（「砂の風」を改題、文芸春秋、二月。第六回伊藤整文学賞）、仏訳『山を走る女』（アルバン・ミシェル）刊行。

一九九六年（平成八年）　四九歳

一〇月、カナダ、トロントで開催された「ウォーターフロント国際作家祭」に参加。青野聰と対談「小説が守らなければいけないルールとは何か?」〈海燕〉一〇月号。

「光る眼」を〈新潮〉一月号に発表。「火の山――山猿記」を〈群像〉に連載（八月号〜一九九七年八月号）。「鳥の涙」を〈新潮〉九月号に、「野辺」を〈群像〉一〇月号に発表。仏訳版監修『銀の雫降る、降る——アイヌの歌』（*Tombent, tombent les gouttes d'argent: Chants du peuple aïnou*, ガリマール）刊行。

一九九七年（平成九年）　五〇歳

二月一日、母美知子心臓発作で死亡。マーガレット・アトウッドと対談「女の一人称」〈新潮〉七月号。六月一八日、早稲田大学文学部文芸専修課外講演会で「なぜ、小説か」と題して講演、川村湊と対話（「早稲田文学」一一月号）する。

「母の場所」を〈新潮〉一〇月号に発表。津島佑子編『日本の名随筆　嫉妬』別巻77（作品社、七月）、新潮文庫『**真昼へ**』、仏訳『大いなる夢よ、光よ』（フィリップ・ピキエ）刊行。

一九九八年（平成一〇年）　五一歳

二月、国際交流基金アジアセンターによるシンポジウム「新世代の韓国文学——転換期の社会と個人」に参加。その時の申京淑との対話「沈黙に耳を澄まして」が〈すばる〉八月号に掲載される。武田千恵子訳による「A House in Dreams : A Trial Translation of A Short Story by Tsushima Yuko」が関西外国語大学「Journal of Inquiry and Research」に掲載される。三月、〈朝日新聞〉夕刊に「夢の歌」（六日）、「妹」（一三日）、「級友」（二〇日）、「マルハナバチ」（二七日）を掲載。ニュージーランドの首都ウェリントンで開催された「国際芸術祭」の一環である「作家と読者週間」に出席。マオリ系の作家パトリシア・グレイスと出会う。その時の対話「霊魂と物語——英語とマオリ語のはざまから」が〈群像〉一一月号に掲載される。六月一三日、昭和文学会において「日本語の作家として——私の立場」と題して講演（「昭和文学研究」第38集、一九九九年三月）。古井由吉と対談「生と死の往還」〈群像〉八月号。

「ルモイから」を〈新潮〉一月号に、「魔法の終わり」を〈新潮〉五月号に、「山火事」を〈群像〉一〇月号に、「ワタシスピカ」を〈新潮〉一二月号に発表。『**火の山——山猿記**』（上・下、講談社、六月。第三四回谷崎潤一郎賞・第五一回野間文芸賞）、講談社文庫『**「伊勢物語」「土佐日記」を旅しよう**』、英訳『射的』（ニューディレクションズ）刊行。「草の臥所」「水府」「黙市」「夢の記録」を『女性作家シリーズ19　津島佑子・金井美恵子・村田喜代子』（角川書店、五月）に収録。

一九九九年（平成一一年）　五二歳

三月、タイのバンコックとチェンマイを、娘の香以と訪れる。九月、ニューデリー、カイロ、ロンドンで日本文学の講演を行う。

「指」を〈東京新聞〉四月二四日付朝刊に発表。『**「私」**』（「夢の歌」「妹」「級友」「マルハナバチ」「月の満足」「水の力」「セミの声」「光る眼」「鳥の涙」「野辺」「母の場所」「ルモイから」「魔法の終わり」「山火事」「ワタシスピカ」、新潮社、三月）、エッセイ集『**アニの夢　私のイノチ**』（講談社、七月）刊行。

二〇〇〇年（平成一二年）　五三歳

〈朝日新聞〉の「文芸時評」を担当する（四月二七日〜二〇〇二年三月二七日）。五月末から六月初め、青森で開催された「日韓文学シンポジウム」に参加。六月、フランクフルトの「文学者の家」で講演。宮内勝典と対談「文学者の使命を改めて考える——『善悪の彼岸』をめぐって」〈青春と読書〉九月号。『作家ほっとタイム　現代作家インタビュー集8』丸善より刊行。この年より、野間文芸賞選考委員（〜二〇一四年）、川端康成文学賞選考委員（〜二〇一五年）を務める。

「捨て子の話」を〈群像〉一月号に、「チャオプラヤー川」を〈文学界〉二月号に発表。「笑いオオカミ」を〈新潮〉に連載（四月号〜九月号）。『**笑いオオカミ**』（新潮社、一一月。第二八回大佛次郎賞）、講談社文芸文庫『**寵児**』刊行。

二〇〇一年（平成一三年）　五四歳

娘の香以と共に台湾を訪れる。三月一〇日〜二一日、中国の長沙、韶山、吉首、花垣、鳳凰、上海を訪れる。九月、北京での「日中女性作家シンポジウム」参加の後、新疆カシュガル、カラクリ湖、和田、ウルムチ、天池、トルファン、高昌を訪れる。「日中女性作家シンポジウムin北京」の報告「男なるものがいないと」を〈すばる〉一二月号に発表。国際交流基金アジアセンター協力のもとインド在住の作家と日本の作家との出会いを目的とした集まり「日印作家キャラバン」の実行委員会会長としてインドのニューデリー、コルカタを訪れ、モハッシェタ・デビらと対談。

「サヨヒメ」を〈群像〉一月号に発表。「中日女作家新作大系」の一冊として中国語訳『笑いオオカミ』（中国文連出版社、九月）刊行。

二〇〇二年（平成一四年）　五五歳

三月五日、アジア女性資料センター主催の公開連続講座「国家主義とジェンダー」で「社会差別を乗り越える文学を探る」（〈女たちの21世紀〉№31）と題して講演。六月、ハワイ、ホノルルで開催された「日本学研究会」に参加。インタビュー「違うものへの想像力を持とう」〈母の友〉八月号。九月、第二回「日印作家キャラバン」でインドのコルカタ、ニューデリー、バンガロール、ケーラーラを訪れる。一〇日、モハッシェタ・デビと座談会。一〇月、「アジアの作家との交流から」と題した講演を行う（於国際交流基金・アジア理解講座）。一一月、韓国、原州での「日韓文学シンポジウム」に参加後、渡仏し、ナント、リヨン、パリで講演。パリ日本文化会館にてナンシー・ヒューストンと対談。一二月、モハッシェタ・デビと日本人女性作家たちとの対話「「異質さ」を肯定する文学」が〈文学界〉に掲載される。この年より、読売文学賞選考委員を務める（〜二〇一二年）。

「アマンジャク」を〈新潮〉一月号に発表。

二〇〇三年（平成一五年）　五六歳

九月一三日〜一四日、登別で開催された「知里幸恵生誕百年記念フォーラム」に参加し、講演を行う。その後、稚内、礼文島、利尻島を訪れる。「フランスの学生たちとともに」と監修「フランス語訳　CHANT DE LA CHOUETTE」が北海道文学館編『知里幸恵「アイヌ神謡集」への道』（東京書籍）に収録される。九月二七日、日本近代文学館にて「知里幸恵展」のオープニング・イベントで「アイヌ神謡集」の仏訳を手伝った当時の学生フロール・クモーとともに講演。一一月、「日印作家キャラバン」（於山形・東京）に参加。この年より、大阪女性文芸賞選考委員を務める（〜二〇一五年）。「ナラ・レポート」を〈文学界〉に連載（一〇月〜二〇〇四年四月号）。**『快楽の本棚——言葉から自由になるための読書案内』**（中公新書、一月）、韓国語訳**『「私」』**（文学と知性社）刊行。

二〇〇四年（平成一六年）　五七歳

編集委員として関わった『テーマで読み解く日本の文学——現代女性作家の試み』（上・下、小学館、六月）について中沢けいと対談「信用できます！　現代女性作家の視点」（〈本の窓〉五月号）を行う。「三度目の正直——日本での『日印作家キャラバン』」を〈すばる〉五月号に発表。六月二九日、「『テーマで読み解く日本の文学』発刊シンポジウム　私たちは「日本の古典文学」をこう読んだ」に参加（〈本の窓〉九月・一〇月合併号に掲載）。八月、熊野大学で開催された「中上健次十三回忌追悼特別講演会」で「中上健次がいた」と題して講演（〈すばる〉一〇月号）。同月、山梨県立文学館で開催されたシンポジウム「「女」にとって文学とはなにか——樋口一葉をめぐって」に、岩橋邦枝、今野寿美、茅野裕城子、中沢けいと参加。アニー・エルノーとの対談「現代を生きる情熱」を〈三田文学〉秋季号に掲載。「恋しくば」を〈新潮〉六月号に発表。**『ナラ・レポート』**（文芸春秋、九月。平成一六年度芸術選奨文部科学大臣賞・紫式部文学賞）刊行。

二〇〇五年（平成一七年）　五八歳

二月一七日、東京日仏学院にてフィリップ・フォレストと「「永遠」を志向する小説」と題して対談（〈すばる〉六月号）。五月、きむふな、藤井久子と共に韓国を訪れる。八月、台湾に三週間滞在。一〇月〜一一月、台湾作家との交流「日台作家キャラバン」のため、台北、台東、蘭嶼島を訪れる（この模様は〈すばる〉二〇〇六年四月号に掲載）。一二月、韓国ソウルを訪れる。

「雪少女」を〈読売新聞〉大阪版（五月一〇日）に、「終わらない悪夢」を〈文学界〉五月号に、「かもんかか」を〈週刊新潮〉一〇月二七日号に発表。

二〇〇六年（平成一八年）　五九歳

一月二五日、札幌大学で開催されたシンポジウム「野生の物語、人間の物語――先住民神話と文学」にル・クレジオと参加。アイヌの結城幸司と初めて会う。二六日〜二七日にかけ、小野有五の案内で白老、登別、二風谷をル・クレジオと共に訪れる。申京淑との「ソウル・東京――往復書簡　山のある家　井戸のある家」を〈すばる〉に連載（三月号〜二〇〇七年二月号）。四月三日から『火の山――山猿記』を原案としたNHK連続テレビ小説「純情きらり」の放送始まる。五月末から六月にかけて星野智幸らと台湾を訪れる。九月、日本近代文学館主催「声のライブラリー〈自作朗読会〉」で『ナラ・レポート』を朗読。

「オオカミ石」を〈新潮〉一月号に発表。「あまりに野蛮な」を〈群像〉に連載（九月号〜二〇〇八年五月号）。エッセイ集『**女という経験**』（平凡社、一月）、講談社文庫『**火の山――山猿記**』（上・下）、講談社文芸文庫『**山を走る女**』刊行。

二〇〇七年（平成一九年）　六〇歳

伊藤比呂美と対談「詩と小説のちがい、という切実な問題」〈群像〉七月号。日本女流文学者会の最後の会長の仕事として『女流文学者会・記録』（中央公論新社、九月）を刊行。一〇月六日、日本ペンクラブ女性作家委員会と日本女流文学者会の共催シンポジウム「『女流文学者会の記録』――女性作家のこれまで、これから」を開催する。日本女流文学者会が助成し、韓国、台湾、インドの女性作家の作品を二〇一一年に現代企画室から出版する。申京淑との公開トーク「書くこと・語ること」（於お茶の水女子大学）を〈すばる〉一一月号に掲載。この年、朝日賞の選考委員を務める（〜二〇一四年）。

申京淑との往復書簡集『山のある家　井戸のある家――東京ソウル往復書簡』（集英社、六月）、文春文庫『**ナラ・レポート**』、韓国語訳『山のある家　井戸のある家』（現代文学）、仏訳『風よ、空駆ける風よ』（スイユ）刊行。

二〇〇八年（平成二〇年）　六一歳

六月から七月にかけてキルギスを旅する（『黄金の夢の歌』の取材を兼ねる）。川村湊、松浦寿輝との鼎談「平成年間の代表作を読む――「ポスト昭和」の時代と文学」〈中央公論〉七月号。九月、「葦舟、飛んだ」の取材で六日～二〇日、大連、旅順、長春、ハルビン、黒河、チチハル、ハイラル、満洲里を訪れる。同月、韓国ソウルで開催された「韓日中・東アジア文学フォーラム」に参加。「故郷と国家と」と題して講演。柄谷行人、黒井千次との座談会「『蟹工船』では文学は復活しない」〈文学界〉一一月号。

「電気馬」を〈新潮〉一〇月号に発表。アイヌの神話『トーキナ・ト――ふくろうのかみのいもうとのおはなし』（刺繍＝宇梶静江、福音館書店、五月）、『**あまりに野蛮な**』（上・下、講談社、一一月）、韓国語訳『笑いオオカミ』（文学トンネ）、韓国語訳『火の山――山猿記』（文学と知性社）刊行。

二〇〇九年（平成二一年）　六二歳

エッセイ「「野蛮」の意味」を〈本〉一月号に発表。堀江敏幸との『あまりに野蛮な』刊行特別対談「野蛮からはじまる」を〈群像〉二月号に掲載。「故郷と国家と」を『韓日中・東アジア文学フォーラム報告書』（東アジア文学フォーラム日本委員会、二月）に収録。

一二月二日、ノーベル賞受賞後に来日したル・クレジオや池澤夏樹、アイヌの結城幸司とともにシンポジウム「先住民族の語りと文学――ル・クレジオさんを迎えて」に参加、「知里幸恵『カムイユカラ』のフランス語訳とル・クレジオさん」と題して講演。三日、小野有五とともに登別を訪問、知里幸恵記念館建設への支援を登別市長に依頼する。

「葦舟、飛んだ」を〈毎日新聞〉夕刊に連載（四月一日～二〇一〇年五月一五日）。『**電気馬**』（「指」「雪少女」「かもんかか」「捨て子の話」「チャオプラヤー川」「サヨヒメ」「アマンジャク」「恋しくば」「オオカミ石」「電気馬」、新潮社、三月）、仏訳『夢の記録』（スイユ）刊行。

二〇一〇年（平成二二年）　六三歳

二月六日、山梨県立文学館にて「土地・言葉・人間

――文学の可能性」と題して講演。「100年保存大特集小説家52人の2009日記リレー」を〈新潮〉三月号に発表。「往還するまなざし――『あまりに野蛮な』について」を『台湾文化表象の現在――響きあう日本と台湾』（あるむ、一一月）に収録。一二月四日～五日、「日中韓・東アジア文学フォーラム2010 in北九州」に参加。

『黄金の夢の歌』（講談社、一二月。毎日芸術賞）刊行。『文学トンネ 世界文学全集』（文学トンネ）に作品収録。

二〇一一年（平成二三年） 六四歳

沼野充義と対談「世界を呑み込む文学」〈群像〉一月号。二月八日～一六日、台北、金門島、アモイを訪れる。三月、3・11の大震災とそれに続く福島第一原発の事故を受け、すべての原発の廃止を求める運動への賛同を呼びかけるメールの最後に「No more Fukushima!の声をあげましょう」と記して、多くの知人に送る。しかし、「福島の人たちを傷つけるのでは」という指摘を受け、呼びかけを取り下げる（津島香以「母の声が聞こえる人々とともに」、『夢の歌から』）。奥泉光と対談「なぜ書くか。いかにして書くか。小説の欲望を語る。」〈本の時間〉四月号。九月一八日、登別で開催された「知里幸恵記フォーラム」で講演。一九日～二一日、知床を訪れ、アイヌの早坂雅賀によるアイヌ・エコツアーに参加。この体験が『ジャッカ・ドフニ――海の記憶の物語』に生かされる。「65周年特別寄稿 群像と私」を〈群像〉一〇月号に発表。一二月一〇日、東日本大震災チャリティーイベント「言葉を信じる 冬」で『黄金の夢の歌』と『葦舟、飛んだ』を朗読。

「ヒグマの静かな海」を〈新潮〉一二月号に発表。

『葦舟、飛んだ』（毎日新聞社、一月）、中国語訳『あまりに野蛮な』（印刻出版）、英訳『笑いオオカミ』（ミシガン大学）刊行。

二〇一二年（平成二四年） 六五歳

二月、台北国際ブックフェアに参加し、『あまりに野蛮な』について台湾読者に紹介する一方、ブックフェアで陳芳明と対談。三月、「「文学」の抵抗力」を

〈文芸春秋〉臨時増刊号に掲載。『「夢の歌」から』を『いまこそ私は原発に反対します。』（平凡社、三月）に収録。「この「傷」から見つかるものは」を〈新潮〉四月号に掲載。七月二六日、神楽坂Art Galleryで、アイヌの結城幸司、知里幸恵召天記念日「シロカニペ祭」（本郷ルーテル教会）を主催する女優の舞香と鼎談。「どうしてこんなことに」を『3・11と私――東日本大震災で考えたこと』（藤原書店、八月）に収録。九月一八日、第三回「シロカニペ祭」で、世話人代表を引き受け講演を行う。「インタビュー津島佑子」を『〈3・11後〉忘却に抗して――識者53人の言葉』（現代書館、一二月）に収録。

二〇一三年（平成二五年） 六六歳

「植物の時間・私の時間」を〈文学界〉一月号に掲載。二月二二日から二四日まで台北文学祭に台北市駐在作家として招聘され、台北市中山堂で台湾作家ワリス・ノカンと、台北誠品書店信義店で陳芳明、朱天心と対談。さらに台北紀州庵文学森林で講演を行う。「私のヤマネコたち」を〈本〉六月号に、「「愛」の意味」を〈学鐙〉六月号に発表。インタビュー・苅部直「『ヤマネコ・ドーム』――隠された「戦後」をたどり直す」〈群像〉七月号。自身の訳による詩「ガリアの葡萄酒と剣の踊り」を〈群像〉八月号に掲載。インタビュー・仲俣暁生「戦後の日本が『単一民族神話』に走ってしまったのは、とても残念です」〈Voice〉九月号。「指」を『ちくま小説選――高校生のための近現代文学エッセンス』（筑摩書房、一〇月）に収録。一〇月、「ジャッカ・ドフニ」の取材でインドネシアを、一一月二九日〜一二月一日には長崎を訪れる。一一月一五日、パスカル・キニャールと対談「文学における「喪失」と「創造」」（於アンスティチュ・フランセ東京エスパス・イマージュ）。「月と少女と竹」を〈熱風〉一二月号に掲載。

「ヤマネコ・ドーム」を〈群像〉一月号に、「天窓」を〈新潮〉五月号に発表。**『ヤマネコ・ドーム』**（講談社、五月）、講談社文庫**『黄金の夢の歌』**、韓国語訳『黙市』（文学トンネ）刊行。

二〇一四年（平成二六年） 六七歳

三月、「ジャッカ・ドフニ」の取材を兼ねて、茅野裕城子の案内でマカオを巡る。インタビュー「「物語」と「歌」の感受性」を『私小説ハンドブック』(勉誠出版、三月)に収録。「隠れキリシタンと原発の国」を〈社会運動〉九月号に掲載。九月一八日、第五回「シロカニペ祭」で、小野有五とともに講演。「ニューヨーク、ニューヨーク」を『変愛小説集　日本作家編』(講談社、九月)に収録。「先住民アイヌの意味」を〈社会運動〉一一月号に掲載。一一月二一日～二二日、台湾国立政治大学台湾文学研究所主催「台日韓女性作家国際シンポジウム」に松浦理英子と共に参加。韓国からは申京淑、金仁淑、台湾からは平路、陳雪、蔡素芬、蘇偉貞が参加。この年の暮れに癌の兆候があり、検査をすすめられる。

「犬と塀について」を〈新潮〉一月号に、「ニューヨーク、ニューヨーク」を〈群像〉二月号に発表。ロシア語訳『笑いオオカミ』(ギペルイオン)刊行。

二〇一五年(平成二七年)　六八歳

「「女作家」が台湾に集まった」を〈社会運動〉一月号に掲載。二月一日、癌の検査のために入院。「ジャッカ・ドフニ——夏の家」を『現代小説クロニクル1985~1989』(講談社文芸文庫)に収録。インタビュー・宮本阿伎「津島佑子『ヤマネコ・ドーム』に込めた思い」〈民主文学〉四月号。〈社会運動〉五月号に「「女」と「男」の根源的問題」を、七月号に「祖父と曽祖父の話」を掲載。一二月、講演や台湾、韓国の作家との対談記録を収録したシンポジウム論文集『台日韓女性文学:一場創作与発展的旅程』が出版される。「ジャッカ・ドフニ——海の記憶の物語」を〈すばる〉に連載(一月号~八月号。四月号休載)。

二〇一六年(平成二八年)

一月、肺炎で入院。「民主主義の癖」を『私の「戦後民主主義」』(岩波書店、一月)に収録。二月一八日、肺癌のため死去。五月二三日、「津島佑子　偲ぶ会」(於プラザホテル)が開かれる。特集「追悼津島佑子越境の想像力と『ジャッカ・ドフニ』」が〈すばる〉六月号で組まれる。「男なるものがいないと」を『日中の120年　文芸・評論作品選5　蜜月と軋み　1972-』

（岩波書店、七月）に収録。最後の小説「狩りの時代」の一部を〈文学界〉八月号に掲載。「ジャッカ・ドフニ――夏の家」が「創刊70周年記念号　群像短篇名作選」〈群像〉一〇月号に掲載される。一二月一一日、「津島佑子の世界　国際追悼シンポジウム」（於白百合女子大学）が開催される。

「オートバイ、あるいは夢の手触り」を〈群像〉二月号に、「半減期を祝って」を〈群像〉三月号に発表。エッセイ集『**夢の歌から**』（インスクリプト、四月）、『**ジャッカ・ドフニ――海の記憶の物語**』（集英社、五月）、『**半減期を祝って**』（「ニューヨーク、ニューヨーク」「オートバイ、あるいは夢の手触り」「半減期を祝って」、講談社、五月）、『**狩りの時代**』（文芸春秋、八月）、講談社文芸文庫『**あまりに野蛮な**』（上・下）刊行。

二〇一七年（平成二九年）

二月一八日、津島香以主催による星野智幸、木内みどりらの朗読会「夢の歌――津島佑子を聴く」が開かれる。「半減期を祝って」が日本文芸家協会編集『文学2017』（講談社、四月）に収録される。

『津島佑子――土地の記憶、いのちの海』（河出書房新社、一月）、五月、講談社文芸文庫『**ヤマネコ・ドーム**』刊行。六月、人文書院から『**悲しみについて**』（「津島佑子コレクション」第I期全五巻）刊行。

＊本年譜は、講談社文芸文庫『あまりに野蛮な』（下巻、二〇一六年七月）に収録の年譜をもとに、大々的な加筆修正を施したものである。

＊作成に際しては著者の自筆年譜（『昭和文学全集29』小学館、一九八八年）を参照した。

＊年毎に、生活と作家活動に関する事項と作品発表・刊行に関する事項とを改行によって分けてまとめた。

＊エッセイの発表は多量に及ぶため、原則として記述を割愛したが、エッセイ集への収録が少ない晩年（主として二〇一〇年以降）に発表された作品については、講演等の作家活動と関連のある範囲内で記載した。

＊作品・媒体の表記法は、『　』＝単行本、「　」＝雑誌等掲載著作、〈　〉＝雑誌・新聞等とした。また、著者の単独単行本・文庫本（翻訳書を除く）はゴシック体で示し、短編集については（　）内に収録作品を入れた。

著書一覧

作成＝与那覇恵子

【単行本】

謝肉祭（「レクイエム――犬と大人のために」「青空」「謝肉祭」） 1971.11 河出書房新社

童子の影（「狐を孕む」「揺籃」「童子の影」） 1973.3 河出書房新社

生き物の集まる家 1973.4 新潮社

我が父たち（「壜のなかの子ども」「火屋」「我が父たち」） 1975.4 講談社

葎の母（「葎の母」「天幕」「廻廊」「静かな行進」「人さらい」「行方不明」） 1975.11 河出書房新社

草の臥所（「草の臥所」「花を撒く」「鬼火」） 1977.7 講談社

透明空間が見える時（エッセイ集） 1977.8 青銅社

歓びの島（「射的」「符丁」「鳰」「草叢」「双生児」「基地」「水槽」「箱の土」「藤蔓」「歓びの島」） 1978.4 中央公論社

寵児 1978.6 河出書房新社

夜のティー・パーティ（エッセイ集） 1979.2 人文書院

何が性格を作るか――性格学講義（宮城音弥との対

談）　1979.5　朝日出版社

氷原（「聖地」「人ちがい」「南風」「林間学校」「透明な犬」「発情期」「森の動く日」「氷原」）　1979.7　作品社

光の領分　1979.9　講談社

最後の狩猟（「月草」「最後の狩猟」「ユリディスの樹」「雨の庭」「粒子」「霧の外」「硝子画の世界」「蟬を食う」「ある誕生」「手の死」「夜の……」）　1979.9　作品社

燃える風　1980.4　中央公論社

夜と朝の手紙（エッセイ集）　1980.6　海竜社

山を走る女　1980.11　講談社

小説のなかの風景（エッセイ集）　1982.6　中央公論社

水府（「ボーア」「多島海」「番島森」「浦」「水府」）　1982.9　河出書房新社

私の時間（エッセイ集）　1982.12　人文書院

寵児（英訳）　1983.3　講談社インターナショナル

火の河のほとりで　1983.10　講談社

黙市（「彼方」「夢の道」「幻」「野一面」「島」「沼」「あの家」「貝塚」「黙市」「石を割る」「浴室」）　1984.1　新潮社

逢魔物語（「伏姫」「三ツ目」「菊虫」「おろち」「厨子王」）　1984.6　講談社

寵児（仏訳）　1985.10　デ・ファム

寵児（蘭訳）　1985　ホイス

寵児（英訳）　1986.3　ウィメンズプレス

光の領分（仏訳）　1986.3　デ・ファム

幼き日々へ（エッセイ集）　1986.9　講談社

夜の光に追われて　1986.10　講談社

火の河のほとりで（仏訳）　1987　デ・ファム

真昼へ（「泣き声」「春夜」「真昼へ」）　1988.4　新潮社

黙市（仏訳）　1988.6　デ・ファム

射的（英訳）　1988.6　パンテオン／ウィメンズプレス

夢の記録（「犯人」「「不思議な少年」」「抱擁」「川面」「夢の記録」「ジャッカ・ドフニ——夏の家」「夢の体」「悲しみについて」「光輝やく一点を」）　1988.12　文芸春秋

本のなかの少女たち（エッセイ集）　1989.2　中央公

論社

草叢（自選短篇集、「蟬を食う」「粒子」「透明な犬」「林間学校」「基地」「草叢」「空中ブランコ」「静かな行進」「廻廊」「夢の道」「野一面」） 1989.12 学芸書林

古典の旅2 伊勢物語／土佐日記 1990.4 講談社

溢れる春 1990.8 新潮社

キャリアと家族（マーガレット・ドラブルとの対談、岩波ブックレット） 1990.8 岩波書店

愛の時代（クリステン・ビヨンケア著、福井信子との共訳） 1990.11 福武書店

夜の光に追われて（仏訳） 1990 デ・ファム

光の領分（蘭訳） 1990 メーレンホフ

大いなる夢よ、光よ 1991.6 講談社

寵児（伊訳） 1991 ジュンティ

光の領分（独訳） 1991 テゾイス

少年少女古典文学館7 堤中納言物語・うつほ物語（干刈あがたとの共著） 1992.11 講談社

かがやく水の時代（「すべての死者の日」「石、降る」「火のはじまり」「かがやく水の時代」） 1994.5 新潮社

風よ、空駆ける風よ（「砂の風」改題） 1995.2 文芸春秋

山を走る女（仏訳） 1995 アルバン・ミシェル

銀の雫降る、降る――アイヌの歌（*Tombent, tombent les gouttes d'argent: Chants du peuple aïnou*, 仏訳版監修） 1996.9 ガリマール

大いなる夢よ、光よ（仏訳） 1997 フィリップ・ピキエ

火の山――山猿記（上・下） 1998.6 講談社

射的（英訳） 1998 ニューディレクションズ

「私」（「夢の歌」「妹」「級友」「マルハナバチ」「月の満足」「水の力」「セミの声」「光る眼」「鳥の涙」「野辺」「母の場所」「ルモイから」「魔法の終わり」「山火事」「ワタシスピカ」） 1999.3 新潮社

アニの夢 私のイノチ（エッセイ集） 1999.7 講談社

笑いオオカミ 2000.11 新潮社

笑いオオカミ（中国語訳） 2001.9 中国文連出版社

快楽の本棚――言葉から自由になるための読書案内 2003.1 中公新書

「私」（韓国語訳） 2003 文学と知性社

ナラ・レポート 2004.9 文芸春秋

女という経験（エッセイ集） 2006.1 平凡社

山のある家 井戸のある家――東京ソウル往復書簡（申京淑との往復書簡集） 2007.6 集英社

山のある家 井戸のある家（韓国語訳） 2007.8 現代文学

風よ、空駆ける風よ（仏訳） 2007 スイユ

トーキナ・ト――ふくろうのかみのいもうとのおはなし（アイヌ神話、刺繍＝宇梶静江） 2008.5 福音館書店

あまりに野蛮な（上・下） 2008.11 講談社

笑いオオカミ（韓国語訳） 2008 文学トンネ

火の山――山猿記（韓国語訳） 2008 文学と知性社

電気馬（「指」「雪少女」「かもんかか」「捨て子の話」「チャオプラヤー川」「サヨヒメ」「アマンジャク」「恋しくば」「オオカミ石」「電気馬」） 2009.3 新潮社

夢の記録（仏訳） 2009 スイユ

黄金の夢の歌 2010.12 講談社

葦舟、飛んだ 2011.1 毎日新聞社

あまりに野蛮な（中国語訳） 2011.2 印刻出版

笑いオオカミ（英訳） 2011 ミシガン大学

ヤマネコ・ドーム 2013.5 講談社

黙市（韓国語訳） 2013 文学トンネ

笑いオオカミ（露訳） 2014 ギペルイオン

夢の歌から（エッセイ集） 2016.4 インスクリプト

ジャッカ・ドフニ――海の記憶の物語 2016.5 集英社

半減期を祝って（「ニューヨーク、ニューヨーク」「オートバイ、あるいは夢の手触り」「半減期を祝って」） 2016.5 講談社

狩りの時代 2016.8 文芸春秋

悲しみについて（「津島佑子コレクション」第Ⅰ期全五巻、「夢の記録」「泣き声」「ジャッカ・ドフニ――夏の家」「春夜」「夢の体」「悲しみについて」「真昼へ」） 2017.6 人文書院

【全集】

筑摩現代文学大系97 竹西寛子・高橋たか子・富岡多

恵子・津島佑子集　1978.3　筑摩書房
昭和文学全集29　1988.1　小学館
女性作家シリーズ19　津島佑子・金井美恵子・村田喜代子　1998.5　角川書店
文学トンネ 世界文学全集　2010　文学トンネ

【文庫】
童子の影　1979.8　集英社文庫
我が父たち　1980.5　講談社文庫
寵児　1980.8　河出文庫
謝肉祭　1981.6　河出文庫
草の臥所　1981.9　講談社文庫
歓びの島　1981.10　中公文庫
葎の母　1982.12　河出文庫
光の領分　1984.3　講談社文庫
山を走る女　1984.5　講談社文庫
燃える風　1985.7　中公文庫
火の河のほとりで　1988.2　講談社文芸文庫
逢魔物語　1989.2　講談社文芸文庫
夜の光に追われて　1989.9　講談社文芸文庫
黙市　1990.4　新潮文庫
水府　1990.7　河出文庫
光の領分　1993.9　講談社文芸文庫
本のなかの少女たち　1994.5　中公文庫
真昼へ　1997.1　新潮文庫
「伊勢物語」「土佐日記」を旅しよう　1998.6　講談社文庫
寵児　2000.2　講談社文芸文庫
火の山——山猿記（上・下）　2006.1　講談社文庫
山を走る女　2006.4　講談社文芸文庫
ナラ・レポート　2007.9　文春文庫
黄金の夢の歌　2013.12　講談社文庫
あまりに野蛮な（上・下）　2016.7　講談社文芸文庫
ヤマネコ・ドーム　2017.5　講談社文芸文庫

＊　原則として編著・再刊本等は入れなかった。
＊　短編集は（　）内に収録作品を入れた。

あとがき

津島佑子さんの訃報に接し、深い驚きと悲しみに襲われていた時、白百合女子大学英語英文学科のアン・マクナイト先生から、「白百合」としてぜひ追悼のシンポジウムを企画したいという提案がありました。皆、同じ思いでしたので、フランス語フランス文学科の海老根龍介先生と私との三人で実行委員会を立ち上げ、大学事務局や図書館、津島さんが在籍された白百合学園中学高等学校や同窓の皆さまとも連絡を取り合って、この白百合のキャンパスに津島さんが通っていらした日々のことを心に思いながら、準備を進めました。

企画の実行にあたっては、津島香以さんをご紹介くださった講談社の中田雄一さんをはじめ、集英社の村田登志江さん、文芸春秋の田中光子さんにたいへんお世話になりました。また、日本近代文学館の吉原洋一さんにお力添えいただき、同館主催の「声のライブラリー」における津島さんの自作朗読映像（映像制作は石橋財団の助成による）を、シンポジウム当日に上映することができました。取り上げた作品は、パリ滞在の経験に基づく『かがやく水の時代』と、時空を超えた母子の物語『ナラ・レポート』。生き生きと語る津島さんの姿、愛嬌あるご様子に私たちは魅了され、その声に秘められた思いに心打たれました。そして、与那覇恵子さんは本書のために詳細な年譜と著書一覧をお寄せ下さり、水声社の小泉直哉さんにはシンポジウム企画の段階から本書の編集、刊行に至るまで、たいへんご尽力いただきました。

皆さまに、深くお礼申し上げます。

本年九月二十三日から十一月二十三日、山梨県立文学館にて「津島佑子展」を開催すると伺っております。津島作品や関連資料をコレクションしている白百合女子大学図書館からは、津島さんが参加された大学在学中のガリ版同人誌「よせあつめ」や、津島さんが表紙をデザインした「第一回白百合女子大学祭」のパンフレットなどを出展する予定です。

津島さんの世界に再び触れる喜びを、皆さまとわかちあいたいと思います。

二〇一七年六月

井上隆史

編者・著者について――

井上隆史（いのうえたかし）　一九六三年生まれ。白百合女子大学教授（日本近代文学）。主な著書に、『三島由紀夫 虚無の光と闇』（試論社、二〇〇六）、『豊饒なる仮面 三島由紀夫』（新典社、二〇〇九）、『三島由紀夫 幻の遺作を読む――もう一つの『豊饒の海』』（光文社、二〇一〇）、『三島由紀夫『豊饒の海』vs 野間宏『青年の環』――戦後文学と全体小説』（新典社、二〇一五）、『混沌と抗戦――三島由紀夫と日本、そして世界』（共編著、水声社、二〇一六）などがある。

鹿島田真希（かしまだまき）　一九七六年生まれ。小説家。主な著書に、『二匹』（河出書房新社、一九九九）、『一人の哀しみは世界の終わりに匹敵する』（河出書房新社、二〇〇三）、『六〇〇〇度の愛』（新潮社、二〇〇五）、『ピカルディーの三度』（講談社、二〇〇七）、『ゼロの王国』（講談社、二〇〇九）、『冥土めぐり』（河出書房新社、二〇一二）、『ハルモニア』（新潮社、二〇一三）、『少年聖女』（河出書房新社、二〇一六）などがある。

呉佩珍（Wu Peichen）　一九六七年生まれ。台湾国立政治大学准教授（日本台湾比較文学・比較文化）。著書に、『真杉靜枝與殖民地台灣』（聯経出版、二〇一三）、主な論文に、「現在における植民地記憶の再現とその可能性――津島佑子『あまりに野蛮な』」（『文学、歴史、社会の中の女たち』丸善プラネット、二〇一二）、「森於菟――その台湾時代（一九三四～一九四七）」（『〈異郷〉としての大連・上海・台北』（勉誠出版、二〇一五）などがある。

木村朗子（きむらさえこ）　一九六八年生まれ。津田塾大学教授（日本文学）。主な著書に、『乳房はだれのものか――日本中世物語にみる性と権力』（新曜社、二〇〇九）、『震災後文学論――あたらしい日本文学のために』（青土社、二〇一三）、『女たちの平安宮廷――『栄花物語』によむ権力と性』（講談社、二〇一五）、『女子大で『源氏物語』を読む――古典を自由に読む方法』（青土社、二〇一六）などがある。

与那覇恵子（よなはけいこ）　一九五二年生まれ。東洋英和女学院大学教授（日本近代文学）、大庭みな子研究会代表。主な著書に、『現代女流作家論』（審美社、一九八六）、『現代女性文学を読む』（編著、双文社出版、二〇〇六）、『後期20世紀女性文学論』（晶文社、二〇一四）、『文芸的書評集』（めるくまーる、二〇一六）、『大庭みな子　響き合う言葉』（編著、めるくまーる、二〇一七）などがある。

川村湊（かわむらみなと）　一九五一年生まれ。文芸評論家。主な著書に、『補陀落――観音信仰への旅』（作品社、二〇〇三）、『牛頭天王と蘇民将来伝説――消された異神たち』（作品社、二〇〇七）、『文芸時評 1993-2007』（水声社、二〇〇八）、『震災・原発文学論』（インパクト出版会、二〇一三）、『川村湊自撰集』（全五巻、作品社、二〇一五～一六）、『君よ観るや南の島――沖縄映画論』（春秋社、二〇一六）などがある。

中上紀（なかがみのり）　一九七一年生まれ。小説家。主な著書に、『イラワジの赤い花――ミャンマーの旅』（集英社、一九九九）、『彼女のプレンカ』（集英社、二〇〇〇）、『夢の船旅――父中上健次と熊野』（河出書房新社、二〇〇四）、『水の宴』（集英社、二〇〇五）、『月花の旅人』（毎日新聞社、二〇〇七）、『熊野物語』（平凡社、二〇〇九）、『天狗の回路』（筑摩書房、二〇一七）などがある。

ジャック・レヴィ（Jacques Lévy）　一九五三年生まれ。明治学院大学教授（フランス文学、日本文学）。現代日本文学のフランス語への翻訳作品に、*Amère volupté*, Philippe Picquier, 1994（山田詠美『ベッドタイムアイズ』）、*Miracle*, Philippe Picquier, 2004（中上健次『奇蹟』）、*Nipponia Nippon*, Philippe Picquier, 2016（阿部和重『ニッポニアニッポン』）などがある。

マイケル・ボーダッシュ（Michael Bourdaghs）　一九六一年生まれ。シカゴ大学教授（日本文学）。主な著書に、*The Dawn That Never Comes: Shimazaki Tōson and Japanese Nationalism*, Columbia University Press, 2003,『さよならアメリカ、さよならニッポン――戦後、日本人はどのようにして独自のポピュラー音楽を成立させたか』（奥田祐士訳、白夜書房、二〇一二）、『川端康成スタディーズ――21世紀に読み継ぐために』（共編著、笠間書院、二〇一六）などがある。

菅野昭正（かんのあきまさ）　一九三〇年生まれ。文芸評論家、東京大学名誉教授（フランス文学）。主な著書に、『詩学創造』（集英社、一九八四）、『ステファヌ・マラルメ』（中央公論社、一九八五）、『永井荷風巡歴』（岩波書店、一九九六）、『変容する文学のなかで』（上・下・完、集英社、二〇〇二～〇七）、『明日への回想』（筑摩書房、二〇〇九）、『小説家 大岡昇平』（筑摩書房、二〇一四）、などがある。

中沢けい（なかざわけい）　一九五九年生まれ。小説家、法政大学教授（文芸創作）。主な著書に、『海を感じる時』（講談社、一九七八）、『水平線上にて』（講談社、一九八五）、『楽隊のうさぎ』（新潮社、二〇〇〇）、『うさぎとトランペット』（新潮社、二〇〇四）、『麹町二婆二娘孫一人』（新潮社、二〇一四）などがある。

原川恭一（はらかわきょういち）　一九三六年生まれ。立教大学名誉教授（アメリカ文学）。主な著書に、『魔神の歌――W・フォークナー作品論集』（表現社、一九六四）、『アメリカ文学の冒険――空間の想像力』（編著、彩流社、一九九八）、『文学的アメリカの闘い――多文化主義のポリティクス』（共編著、松柏社、二〇〇〇）などがある。

装幀——西山孝司

津島佑子の世界

二〇一七年七月二〇日第一版第一刷印刷　二〇一七年八月一〇日第一版第一刷発行

編者――井上隆史

発行者――鈴木宏

発行所――株式会社水声社

東京都文京区小石川二―一〇―一　いろは館内　郵便番号一一二―〇〇〇二

電話〇三―三八一八―六〇四〇　ＦＡＸ〇三―三八一八―二四三七

郵便振替〇〇一八〇―四―六五四一〇〇

URL : http://www.suiseisha.net

印刷・製本――ディグ

ISBN978-4-8010-0261-6

乱丁・落丁本はお取り替えいたします。